少
私
なっ
に
2
be my
ce?
~最弱無能な俺、
聖剣学園で最強を目指す~
著 七菜なな イラスト さいね
JN075592

Hey boy, will you be my apprentice?

CONTENTS

少年、私の弟子になってよ。
~最弱無能な俺、聖剣学園で最強を目指す~
Hey boy, will you be my apprentice?
2
著 七菜なな
イラスト さいね

第23回
聖剣学園三校交流会
開催のお知らせ

聖剣学園三校交流会

Schedule

9月18日　19:00	懇親パーティー
9月19日～23日	合同訓練
9月24日	決戦セレモニー

ラディアータ・ウィッシュ
VS
春風瑠々音
スペシャルエキシビション

本年も、他学園との親睦を深めることを通し、
若き期待の星が頭角を現してくれることを、
期待しております。
剣学園理事長

pino_100

生『RuRu』の歌声とビジュ、最高すぎ！
しかもこれで聖剣演武もめちゃ強いってやば……

コメントを見る....

プロローグ　幼き歌姫のモノローグ

Hey boy, will you be my apprentice?

持たざる者を守るために、その力を授かったのだと祖母が言った。
陳腐な物言いだと思った。
あるいは若い頃の漫画の読みすぎね、と。

興味などなかった。
意義も感じなかった。

この世界の六十億の凡才たち総てを守るには、わたしの両手は小さすぎた。

でも、それが天啓のように降り注いだのは――わたしが12才のとき。

お父さんが1年ほど、地方で療養して過ごしていた田舎町。

お世話になった道場の、二つ下の男の子だった。

真面目だけが取り柄のような子で、いつも暇さえあれば竹刀を振っていた。

その子は口癖のように、こう言った。

「僕は聖剣が宿ったら、世界グランプリに出場する。そしてラディアータと闘うんだ！」

すべての人類に聖剣が宿るようになって、はや四十年。

闘う相手のいない聖剣使いは、兵士からスターになった。

聖剣演武。

世界中を魅了する、聖剣を使った決闘競技。

その若き頂点。

ラディアータ・ウィッシュ。

そのラディアータと、世界で闘う約束をしたのだという。

みんな夢でも見たんだと馬鹿にした。

でも、わたしは知っていた。

その男の子は、ずっと本気だった。


しかし、運命は残酷だ。

その子は10才の誕生日を迎えても——終ぞ聖剣が宿らなかった。


ある日。

練習の終わった道場で、その子が門下生の子たちに囲まれていた。

「おまえ、聖剣ないのに生意気なんだよ」

「世界グランプリなんて出れるわけないじゃん」

「ちょっと師範に褒められてるからって調子乗んなよ」

言いがかりのような文句に、その子は怯えていた。

そんなときに止めに入るのは、わたしの役目だった。

「練習サボってるのが悪いんじゃない。識ちゃんは毎日、休まず稽古してるわ。文句があるなら、わたしが相手になるわよ！」

わたしは強かった。

門下生たちを追い払って、その男の子の頭を撫でる。

「聖剣がなくてもいいじゃない。識ちゃんは剣道が上手なんだし、聖剣演武にこだわることないわ」

「でも、僕はラディアータと……」

「ラディアータとの約束は、お姉ちゃんが代わりに果たしてあげるわ。だから識ちゃんは、あんな危ないスポーツしちゃダメよ？」

「…………」

彼は悔しそうだった。

でも聖剣がなくては、ラディアータと闘うことはできない。

彼の手を握って、わたしは宥めるように言った。

「お姉ちゃんが、ずっと守ってあげるからね」

その5年前の小さな約束を、わたしは今も捨てられずにいる。

I　阿頼耶識

Hey boy, will you be my apprentice?

聖剣学園に入学して、五か月ほどが経過していた。

八月下旬、夏休みも終盤。

そんな茹だるような暑さも、少しだけ……ほんの少しだけ控えめになった朝である。

九州の田舎町の、マンションの一室。

黒髪の少年——阿頼耶識は、自室のベッドで目を覚ました。

胡乱な目で天井を見つめ、真っ先に思ったのは……。

（暑っつい……）

という、何の生産性もない一言だった。

そりゃ夏である。

暑いに決まっている。

しかしそれでは説明できない熱気に包まれていることに、識は疑問と同時に正解を導き出していた。

理由としては、単純であった。

隣で寝る妙齢の女性に、ひしと抱きしめられているのだ。

その相手を、識は知っていた。

ラディアータ・ウィッシュ。

北米出身。齢22。

神秘的に真っ白い肌。鮮やかな翡翠色の瞳。淡く色づく唇。

世界を魅了する抜群のスタイルは、引退した今でもしっかり維持されている。

人類すべてに聖剣が宿る現代において、間違いなく世界最強の聖剣士。

ついでに世界最高の美女としても有名であった。

あれはもうすぐ1年になる。

聖剣学園への受験会場で運命の再会を果たした2人は、それから師弟契約という形で苦楽を共にしていた。

今は夏休みを利用して一週間ほど識の地元に帰省しているのだが、当然のようにラディアータもついてきている。

さて、この抱き枕スタイルでの目覚めは、すでに帰省5回め。

一週間で5回ともなれば、識も少しは慣れたものだ。

具体的に言うと、悲鳴を上げなくなった。

そして身体に密着するラディアータの柔肌の感触に、死ぬほどドキドキしていたのが死なない程度にドキドキするくらいになっている。

とはいえ、このまま抱き枕ライフを楽しんでいる余裕はない。

今日は、識たちが聖剣学園に戻る日だ。

となると、おそらく同じマンションに住む幼馴染の乙女が見送りにくるはず。

それまでにこの現状を脱していなければならない。

ラディアータの奔放さは周知の事実だし、今は服装がよくないのだ。

普段は凛々しいキャリアウーマンスタイルの彼女は、寝るときはキャミソールにショーツという極めて危険な格好を取る。こんな格好を週刊誌に撮られた日には、世界の店頭から一瞬で雑誌が消えてしまいそうだ。

識は試しに、拘束を逃れていた左手でラディアータの肩を揺すってみる。

すぐに反応があった。

「フフッ。少年、まったく可愛い子だ。聖剣の扱いがみるみる上達して……え？　そっちの聖剣の扱いも知りたいの？　……わかった。弟子の思春期の悩みに応えるのも師匠としての務めだからね。まずは水２００ccに砂糖と醤油を大匙一杯……スヤァ」

その言葉を残して――ラディアータは寝た。

「…………」

なんという夢を……とツッコみかけて、識は堪えた。

和風出汁で煮込むそっちの聖剣とは何なのかということは深く考えないようにしつつ、二度めのトライとして頬を突いてみる。

「起きてください。あなた料理なんてしないでしょう。ラディ……うおっ！」

ラディアータの手が、識のシャツの裾からもぞもぞと侵入してきた。割れた腹筋を丁寧に撫で回してくる。

耳元でフッと息を吹きかけられ、ひゃあっと悲鳴を上げそうになった。

どうやらこの女、狸寝入りを決め込んでいたらしい。

「少年のお腹は熱いね。こんなに強い衝動を秘めているなんて、もう可愛いワンコではないということかな？」

「体温が高いのはラディアータが抱き着いているからでは……」

「こんなにきみと共に朝を迎えているのだから、もはや私も幼馴染ヒロインと名乗っていいんじゃないかな？」

「絶対に違います。そのラブコメ漫画への強い憧れは何なんですか……？」

寝起きにアダルトな言葉でおはようを囁く幼馴染がいてはたまらないのである。

ラディアータは辛そうに、キャミソールの胸元をパタパタした。いまだ日本の夏に慣れない様子だ。

「今朝も暑いね。こんなに暑いと、少年とどこまでも堕ちていってしまいたくなる」

「それは困るので起きましょう。早く朝食を取って、道場に行かなければ……」

「きみは朝が強くていいね。でも、今日は聖剣学園に戻る日だろう？　訓練するなら、学園に戻ってからのほうがいいんじゃない？」

「一週間、ずっと使わせて頂いたので、道場の掃除をしようと思いまして」

「律儀だね。師匠として誇らしいけど……」

途端、ラディアータが身体を起こすと、識を組み敷くように覆いかぶさる。

その翡翠色の瞳は胡乱だった。

「フフッ。道場の掃除の前に、師匠のことも隅々までケアしてもらおうかな？」

「ラディアータ！　さては昨日のお酒、まだ残ってますね!?」

「寝たのが明け方だったからねえ。まだ頭がガンガンする……」

「うちの父は無視していいのに……」

「大人の付き合いというのも悪くないよ。少年とも早くお酒が飲みたいな」

……とか戯れているとき、ふと識は寒気を感じた。

これは覚えがある。

ギギギ……と首だけ回して部屋のドアを確認する。

少しだけ開いたドアの向こうから、幼馴染の少女・乙女が恐ろしい目で見つめていた。

「痴女、滅殺！」

勢いよくドアが開いた。

乙女の手に赤い聖剣が顕現する。

剣身に刻まれた紋様が赤く発光し、凄まじい速さの斬撃を放った。

町では評判の剣術小町として知られた乙女、その斬撃の嵐は苛烈だ。

本人曰く峰打ちということだったが、その剣身は諸刃である。当然、当たれば「痛い！」では済まない。

対して識。

とっさに手に、無骨な日本刀を顕現する。

――聖剣〝無明〟。

とある事情により、ラディアータより貸し出された特別な聖剣。

識はこれを使い、3年後――いや、現在では2年後に迫る世界グランプリ制覇を目標としていた。

いや、のんきに説明をしている場合ではないのだ。

あるいは2年も待たずに、場外で脱落ということにもなりかねない現状。

しかし識は聖剣〝無明〟を操り、嵐のような斬撃をすべて叩き落とした。

斬撃があっさりと防がれたことにより、乙女は我に返った。

目をぱちくりとさせ、のんきに言う。

「識兄さん。やっぱり学園に行ってから、めちゃ強くなってない？」

「……頼むから目覚ましのついでに力を試すのはやめてくれ」

幼馴染のバイオレンスなコミュニケーションに、識は冷や汗を流しながら言った。


さて母親が準備した朝食を取り、識たちは予定通り道場の掃除に訪れていた。

眩しい朝日が差し込む無人の道場で、識は一生懸命モップをかけている。

途中、窓掃除をしている乙女に話しかけた。

「門下生たちは？」

「今日は10時からだよー」

「それじゃあ、あと1時間くらいか」

この時代、剣術を学ぶことは世界的に活発だ。

かつて減少の一途をたどっていた剣術道場の数も、近年は爆発的に増加している。

そんな剣術道場戦国時代ともいえる昨今だが、この道場はそれなりにうまくいっているようだ。

「ねえ、識兄さん」

「ん？」

今度は乙女が雑巾を絞りながら、識に尋ねる。

「そういえば、夏休み明けに聖剣学園でアレがあるんでしょ？」

「アレ？　……ああ。俺たち1年には、あまり関係ないらしいけど」

「そうなの？」

「アレは毎年、生徒会メンバーが参加するのが慣例らしい。俺も参加したいと申し出てるんだけど」

そのアレという行事のことを考えながら、識は手を動かし続ける。

「乙女。どうしてアレの話題を？」

「うーん。アレなら瑠々姉さんもくるのかなって思ったんだー」

「……そういえば、瑠々姉は北海道校にいるんだっけ」

識が一瞬だけ手を止めたとき、背後からにゅっと人影が覗き込んできた。

「少年。誰のことかな？」

「……っ⁉」

ビクーッとなる。

振り返ると、ラディアータがにこりと微笑んだ。

片脚を怪我して以来、常にお洒落なステッキを突いて歩いているはずだが……まったく気配を感じさせない。

「私の前で他の女の話かい？　最愛の師匠に、つれない弟子だね」

いちいち顎に手を当てて極上のスマイルで口説かないでほしかった。

「いえ、子どもの頃の知り合いです……」

「幼馴染？　もう1人のツンデレ現るってやつ？」

「ラディアータ。幼馴染と聞いて、すべてツンデレで括るのはよくないと思います……」

乙女がブ～ッと文句を言った。

「識兄さん！　何でもかんでも教えるの禁止！」

「いや、アレで来校するなら、どうせ会うことになるだろう。それでなくても、ラディアータなら瑠々姉のこと知ってるかもしれないし……」

識はラディアータを連れて、道場の入口に向かった。

そこには歴代の門下生たちが獲得したトロフィーが飾ってある。

その記念写真に、幼い頃の識たちがいたのだ。

「瑠々姉は、この人です。俺が小学生の頃、地方の剣道大会で優勝したときのものですね」

「へえ……」

　その集合写真を眺めながら、ラディアータがうっとりとした。

「この愛らしい姿、あの頃の少年だね」

「あの、俺のことではなく……」

「む？　きみを後ろから抱きしめているのが？」

「あ、瑠々姉ですね。俺の二つ上だから、今は高校3年です」

　むっつりとした顔の識を、後ろから抱きしめている大人びた少女がいた。

　先ほど名前が出た『瑠々姉』という少女だが、ラディアータの興味はそこになかった。

「たまにはこのくらい小さい少年を愛でたいな。ちょっと縮めない？」

「また無茶を……」

「だって不公平じゃないか。あの運命の出会いの日、私は握手だけで我慢したのに。私だって思い切りハグをしたかったんだ」

「あの歴史的大逆転の裏で、そんなこと考えてたんですか……」

　大切な思い出をちょっとだけ汚されて複雑な識であった。

　ラディアータはフンと鼻を鳴らすと、識の後ろから両腕を回して抱きしめた。そして色気たっぷりに耳元で囁く。

「まあ、いいか。その代わり、私は高校生のきみをこうして愛でることができるからね？」

「あの、外から見えるのでやめてください……」

「フフッ。見せつけてやればいいじゃないか」

よくないのである。

具体的に言うと、乙女(おとめ)のじとーっとした視線が怖(こわ)いのである。

「ラディアータ。もし週刊誌に写真を撮(と)られたら、またマネージャーさんからお叱(しか)りの電話がきますよ」

「…………」

ラディアータはぎくりとなると、すすっと離(はな)れた。

ため息をついてしょぼくれている背中を眺(なが)めながら、識(しき)は世界最強の剣星(けんせい)でも敵(かな)わない存在に怯(おび)えた。

そんなことをしているうちに、道場の門下生たちがやってきた。

「こんちゃーす……うわ、ラディアータがまた来てる！」

「本当だ！」

子たちの声に、ラディアータがキラリと目を輝(かがや)かせる。

即座(そくざ)に音符(おんぷ)を模したイヤリングを外すと、それを口に咥(くわ)えてビシッと指さした。

「〝Let's your Lux(きみの輝きのままに)〟」

世界を魅了するラディアータの決め台詞が炸裂する。

が、返ってきたのは……。

「またそれかよ～」

「飽きたよ」

「ラディアータ、決め台詞のレパートリー増やしたほうがよくない？」

まさかのダメ出しであった。

ラディアータがガーンッと崩れ落ち、その場に膝をつく。

「……少年、私はもうダメかもしれない」

「だ、大丈夫です！　俺はそのスタイルでいいと思います！」

そりゃこの一週間、何十回と見せられれば飽きるというものだ。

意気消沈したラディアータを引きずりながら、識も退散することにした。

「じゃあ、乙女。また冬休みに帰る」

「もっと帰ってきてよーっ！　識兄さん、サービス悪いぞーっ！」

苦笑しながら、幼馴染との別れを済ませた。

これから家に戻り、昼前の電車で学園へと向かう。

そのマンションへの道すがら、ラディアータが何気なく言った。

「それじゃあ、その瑠々さん？　という女の子も、聖剣学園に通っているのかな？」

「一応、北海道校と聞いてます……」

「北海道校っていえば、日本の聖剣学園では一番規模が大きいんだよね。その分、競争も激しいっていうし、優秀な子なんだね？」

「そ、そうかもしれませんね……」

識の歯切れが悪かったが、ラディアータは気にしなかった。

「確かに少年が頂きを目指し続ければ、いつか再会することになりそうだね」

「どうでしょう。俺のことを覚えてるとは思えませんけど……」

「どうして？」

「瑠々姉は地元の子じゃなくて、お父さんの都合で1年だけ滞在していたんです。あれから連絡もないし、もう何年も前のことなので……」

「ふーん？」

ラディアータが顎に手を当て、意味深な表情で笑った。

「少年は覚えられてる気がするな。師匠的な勘が告げている」

「師匠的な勘」

「師匠ズ・センスといってもいい。第六感のさらに向こうにあるんだ」

「また漫画の影響を受けてますね……」

最近は師匠アピールの手が込んでるなあ、と思いながら識は苦笑していた。

……その師匠ズ・センスが本当に機能していると知るのは、数週間後だった。

×××

聖剣学園第三高等学校。縮めて聖三。

大分県は別府に建設された、全国に三校しかない聖剣学園の一つ。

それぞれ北海道校、長野校、別府校とも呼ばれる。

連なる山々を切り開き、その広大な土地に建設された学園は、さながら要塞のようにそびえたっていた。

昼下がり、識たちは学園に到着した。

この場所での五か月間は濃密で、識にとっては早くも懐かしさすら覚える場所だ。

同じように学園に戻っていた生徒たちがラディアータに群がるのを眺めつつ、識は荷物を置くべく男子寮へと向かう。

（今日のラディアータとのレッスンは夜からだけど……）

夏休みの宿題は、乙女のおかげで終わっている。

自主練をしようかと思いながら、スマホを取り出した。

普段から使用している学園アプリのグループチャットにメッセージを打ちながら、寮の自室のドアを開ける。

　すると……。

「アラヤっち、おっかえりーっ！」

……なぜか自室に、女子がいた。

名を、百花ピノ。

ふんわりとしたミドルボブが可愛らしい、快活な女子である。

この聖三の1年生、識と同じAクラスに在籍していた。

ベッドに寝転がって、識の部屋の漫画を読んでいる。

とりあえず識は、挨拶を返すことにした。

「ただいま、ピノ。なんで俺の部屋にいるんだ？」

「え？　だって今日、戻ってくるって言ってたしなー？」

「そういうことじゃなくて、鍵は……」

「ふっふっふーっ。守衛さんにお願いしたら貸してくれちゃった♪」

日本中のエリートが集う巨大学園のセキュリティに不安しか感じない識であった。

ピノは罪悪感ゼロで、識の後ろを覗き込んでくる。

「それよりラディ様は!?　一緒じゃないん!?」

「ラディアータは校門で生徒たちに捕まってる。その後は、職員会議があるらしい」

「あっちゃーっ！　そっちが正解だったかーっ！」

ピノは大げさに額を叩いて悔しがる。

この暑い季節でもテンションの高い女だった。

「ま、いいや。それよりアラヤっちのほうに用事あったし」

識は少し驚いた。

このピノという少女、識と同じようにラディアータの大ファン……いや、むしろ沼にハマっているタイプである。

ピノが推しとの面会よりも、自分を優先する用事とは？

と、識が身構えたとき……ピノはスマホのボイスレコーダーを起動して、その瞳をどろどろの暗い輝きで満たしていた。

「ラディ様と帰省した一週間……爛れた蜜月の詳細を語ってもらおーか！」

「ないって言ってるだろ……」

識は「やっぱりそれか……」とうんざりした。

この女、入学当初から識とラディアータの関係によからぬ誤解をしているのだ。

慣れっこの識は、地元の土産のお菓子を渡して話を切り替える。

「でも、ちょうどよかった。今から自主練に誘うつもりだったんだ」

「いいよ、いいよー。うちも午後から暇してたからさー」

「比隣は？」

「ビリビリボーイ？　さっきお昼ご飯から戻ってたけど……」

隣室との壁を見つめる。

天涯比隣という男子が、識のお隣さんだ。

試しにアプリでメッセージを送るが、当然のように既読スルーであった。

「まあ、元気そうでよかった」

「アラヤっち、めっちゃ前向きじゃん」

ピノと一緒に、自主練の準備を始める。

部屋を横断するように架けられたカーテンを閉め……ピノやラディアータが何度言っても自分たちの寮に戻るのを面倒くさがるので、しょうがなく設置したものである。

とにかくトレーニングスーツに着替えながら、ピノが言った。

「そういえば、アラヤっち。アレ、どうすんの？」

「ああ、アレ……」

今朝も出たアレの話題に、識は唸った。

「自主練に行く前に、もう一回、お願いに行ってみるか……」

「さんせーっ！　うちも出たいし！」

2人は着替え終わると、男子寮を出た。

予約した訓練場に行く前に、二つ先の校舎へ向かう。

たどり着いたのは、『第一校舎』と記された荘厳な建物であった。


この第一校舎……簡単に言えば、学園の生徒主体の組織が集まる校舎である。

生徒会を始め、運動部・文化部の運営委員会など。あるいは学園の行事があるときに、臨時的に組まれる運営会も、ここの空き教室が使用される。

自然と学園のトップたちが集うことになるのだが……そのやけに豪華な内装の廊下を、識は落ち着かない様子で歩いていた。

「ここ、何度きても緊張する……」

「アラヤっち。ほんと庶民派だよなー」

「赤絨毯の感触、すごく不安だ。というか、ピノは余裕だな」

ピノはどや顔で、自身の薄い胸を叩く。

「うち、お父さんが招待されたパーティとかよく一緒に行ってるし?」

「人生経験で負けてる……」

サラブレッドによるナチュラルマウントに、識は早くも挫けそうだった。

到着したのは、最上階の『生徒会室』と記された一室である。

貴族の屋敷かと見紛うような重厚なドアを、コンコンと叩いてみた。

反応はない。

「いないのか？」

「さすがに夏休みだし、常駐してるわけじゃ……およ？」

ドアの隣、赤い札が下げてあった。

以前、聞いた話によると生徒会の誰かしらがいるはずだ。

ピノの目がキランッと光る。

「た～の～も～っ！」

ドンドンドンドンッとドアを叩きまくる。

すると、すぐに内側から怒声が飛び出してきた。

「うっせーっ！　たっぴらかすぞ、ボケッ！」

ドアを蹴り開けたのは、小麦肌の小柄な女子生徒だった。

背丈は、識の胸の辺りまで。

髪の毛を左右で大きくまとめて、ポンポンのようにしている。

吊り目に八重歯が覗き、何やら凶悪そうな雰囲気が漂っていた。

聖剣学園第三高等学校3年。

生徒会副会長、江雲心愛。


幼い外見ではあるが、現在、この別府校の生徒を統括する立場にあった。

彼女は識たちを認めると、一転して機嫌よさそうに笑う。

「カッカッカ。なんだ、おめーらか。入っていいぞ」

生徒会室を覗き込むと、どうやら心愛1人のようだった。

「他の人たちは？」

「帰省してるやつ以外は、訓練場じゃねーか？」

広い執務室に、書類を詰めた大量の段ボールが積まれている。

足の踏み場もないほどだ。

その惨状に、ピノがオブラートに包んだ表現を使った。

「普通、こういうところは片付いてるもんじゃないの？」

「海外遠征の間に溜まるんだよ。そもそも生徒会は聖剣演武の順位で決まるからな。単純に事務仕事に向いてるやつがいねーんだ」

「センパイたちが競技に集中できないんじゃダメじゃない？」

「安心しろ。夏休みが終われば、事務担当のインテリメンバーが片付けにくる」

「それ、生徒会の肩書意味あるの……？」

真正面に、ひと際、豪奢な机がある。

その『生徒会長』というプレートが置かれた机に、心愛がふんぞり返るように座った。

「用件はわかってる。アレだろ？」

にやーっと嫌らしい笑みを浮かべながら、本日、何度めかのアレ、アレの正体を口にする。

「——聖剣学園、三校交流会」

聖剣学園三校交流会。

年に一度、聖剣学園の各校代表者が集い、親睦を深め日本の未来を明るく照らす交流会。

しかし実際のところは、各校の威信を懸けて火花を散らすスポンサー向けの品評会となっている。

これに参加して好成績を収めると、春に開催される日本トーナメントの学生出場枠を与えられる可能性が高くなるのだ。

当然、識も参加したいところだが……。

「お願いします。俺たちも出してください」

しかし心愛は素っ気なく答えた。

「ダメだ。おめーら1年は見学と裏方」

「どうしても、ですか……？」

識にとって、2年後の世界グランプリを制覇することは聖剣士として死活問題であった。

つまり来年の日本トーナメントに出場する必要がある。

学生の身分で日本トーナメントへ招集されるためには、この交流会で自分の能力を示したいところ。

……しかし、その理由は周囲の極々一部にしか知られていない。普段からいつも一緒に行動しているピノや比隣も知らないのだ。

当然ながら、心愛が知る由もなかった。……まあ、たとえ教えたところで、この先輩が容易く方針を変える人間ではないことは承知の上だが。

「おめーらが出たいのはわかる。だが今回は各校のプライドを懸けた三校交流会。当日はスポンサーやOB、海外のプロ聖剣士やクラブチームのスカウトも来校する。別府校にとって、絶対に負けられない戦いだ。公式大会の実績がない一年坊より、海外で揉まれた2年・3年を優先するのは当然だろ？」

「ぐっ……」

正論であった。

少なくとも学生身分においては、間違いなく正当な理由である。

識が返す言葉がないのを見て、心愛がパンパンと手を叩いた。

「さーて、帰った帰った。わーはその三校交流会の準備で忙しいんだよ。今年の開催はうちの別府校だからな」

「え、今年は長野校のはずじゃ……？」

「おめーがラディアータなんか連れてくるからだろーが！　スポンサーどもの要望で予定が変わったんだよ！」

「す、すみません……」

ラディアータが識の師匠……そしてこの学園の特別講師となって、こういうことは珍しくなかった。

その言葉で打ち切りとばかりに、心愛は2人を追い出した。

第一校舎を出て、識とピノは肩を落とした。

「うーん。確かにああ言われちゃ、どうしようもないよなー」

「そうだな……」

「どうすんの？　諦める？」

「……いや、それはない」

ピノがにまーっと笑った。

「だよねー」

「でも江雲副会長の言うことも尤もだしな」

「まあ、センパイたちも強いからなー」

「まだ時間はあるし、また機を見て頼んでみよう」

とりあえず自主練のために、訓練場に向かった。

その途中、識はうーんと考えていた。

(実績か。頂きにたどり着くためには、そういう障害もあるんだな……)

心愛の言うことは正しい。

この聖剣演武という競技を愛し、頂きを目指しているのは識だけではない。

むしろ聖剣学園に通っている時点で、全校生徒がライバルといっても過言ではなかった。

×××

夏休みが明け、正式に学園が稼働を始めた。

二週間後に迫った交流会の準備のため、学園の生徒たちが総動員される。

識たち1年は裏方として、授業と訓練の合間に、学園内の清掃やイベント会場の設営に取り組んでいた。

今日もAクラス全員で『おいでませ別府へ！』という謎の看板を製作した。……話によると、別府駅の前に掲げるらしい。
そして夜には、恒例のラディアータとの個人レッスンだ。
教員用の訓練場を貸し切り、ひたすら戦闘経験を積んでいく。
「少年、いくよ」
トレーニングスーツに着替えたラディアータが、指揮棒のような形態の聖剣を構える。
その周囲から、合計6本の巨大な音符を模した飛剣が出現する。
——聖剣〝オルガノフ〟。
世界最強の剣星ラディアータの聖剣にして、その象徴。
指揮棒型の聖剣によって、合計8本の飛剣を操る。
それらは『序曲』と呼ばれる動作で隊列を組み、彼女の背後に展開した。
「——共に歌おう。〝愛なき夜へ降りそそぐ叢雨〟」
指揮棒を上方に振るう。
——6本の飛剣が、同時に上空へと山なりに舞い上がった。

識を通り越すと、急旋回して背後から襲い掛かる。

「――――ッ！」

識は腰に顕現した聖剣〝無明〟を構えた。

背後から襲う飛剣の気配を、すべて肌で感じ取っている。

それは長い間、防具を身に着けて剣術の稽古に励んだ識の特性であった。

まず1本めを、身体を捻って躱す。

しかし安心はできない。

ラディアータの剣技の恐ろしいところは、避けた先に後続の飛剣が狙いを定めているところだ。

大雑把に見えて、緻密に練られたプログラムにより、6本の飛剣がまるで猟犬のように識へと襲い掛かる。

だが識のほうも、すでに承知している。

2本め、3本めを、最小限の動きで避けていく。

軸足をまっすぐに立て、身体を回転させながら躱していく姿は、さながら独楽のようであった。

その動き、ラディアータには見覚えがある。

最近、識がよく練習していた動作だ。

「へえ。ピノさんの動き、もう完全にものにしてるじゃない」

「ありがとうございます！　今のところ、効果的に使える場面は少ないですけど……っ！」

普通に走って避けることもできる……が、当然ながら観客へのパフォーマンスのためではない。

識は四度めの回転に合わせ、聖剣〝無明〟の柄を握る。

そして振り向きざま、ラディアータに向かって抜刀した。

──刹那、不可視の斬撃がラディアータへと襲い掛かる。

しかしラディアータ、これを当然のように回避した。

完全に見えないはずの飛ぶ斬撃を、抜刀の角度とタイミングで読み切るあたり、引退したとはいえ世界最強の剣星は伊達ではない。

さて攻撃が失敗した識は、再びラディアータの飛剣の的になる。

……なるはずであった。

識は抜刀した後、そのまま軸足をブレさせずに、さらに身体を捻り上げる。

その刀身が、空中でチリチリと火花を散らせた。

聖剣〝無明〟の第一覚醒『無限抜刀』により、剣速を落とさずに二連撃の抜刀を放つ。

空間を圧縮し喰らう〝無明〟の能力が発動し、識の身体はラディアータの背後に瞬間移動していた。

ラディアータは完全に背後を取られる形になり、初めて表情に焦りが浮かぶ。

「な……っ」

「ラディアータ！　一本、頂きます！」

トレーニングスーツの左胸に光る青い結晶へ、刀を振るった。

決まった……と思った刹那、しかしラディアータがにこりと微笑む。

「なんてね」

「え……」


――識の身体が、巨大な飛剣に横薙ぎに吹っ飛ばされた。


「……っ⁉」

識は転がりながら、とっさに受け身を取る。

素早く身体を起こし、ラディアータを視界に収めた瞬間――上空から降り注ぐ複数の飛剣に、瞬く間に打ちのめされた。

「ぐあ……っ！」

巨大な飛剣により、完全にステージに縫い付けられる。

識のトレーニングスーツの結晶は砕け散っていた。

「……決まったと思ったのに」

識は悔しそうに歯を食いしばると、飛剣を持ち上げて立ち上がる。

すると今度は、ラディアータ本人が横からドーンッと突撃してきた。識を抱きしめながら、興奮気味に言う。

「素晴らしいよ、少年！」

「……最後、躱されましたけど」

識がツーンと拗ねると、ラディアータは頭を撫でながら苦笑した。

「そう拗ねないで。あそこまで完璧に仕掛けが決まることは珍しい。残り2本の飛剣も、うっかり出してしまいそうだったよ。本当に美しい剣技だった」

「一か月も準備してたんですけど……」

「フフッ。師匠として、そう簡単に一本はあげないよ」

「ぐぬぬ……」

先ほどの攻防を思い返した。

ラディアータの剣技は上空から狙うものが多い。そのカウンターとして、ピノや比隣たちと考案した形。

彼女の飛剣は変幻自在だが、意外に戦闘中の柔軟性は低い。

なぜなら飛剣の操作は、事前にプログラムした軌道に限るのだ。

地上最強の聖剣〝オルガノフ〟の真価を発揮するには、戦闘に入る前の読み合いで勝つことが必須なのである。

これを考慮した上で、識のカウンターが防がれたということは……。

「下降した飛剣が地面に刺さらずに、滑空して襲ってきた……つまり読まれてたんですね」

「少年が、あの独楽のような回避動作を練習してるのは知っていたからね。あの動きで私を仕留めようとするなら……まあ、それほどパターンは多くないよ」

「なるほど。最初から誘われてたってことですか……」

ハアッとため息をつき、識はラディアータから離れようとする。

……しかし抱き着く腕が強く、振り解けない。

「ラディアータ。何度も言っていますが、トレーニングスーツであんまりくっつかれると困ります……」

「きみ、本当に擦れないねえ。恋人ができたとき、どうするつもり？」

「その予定はないので……」

「じゃあ、その間は初心な少年を、私が独占だね♪」

楽しげに頬を突かれながら、識は無理やり腕を解いた。

再びステージ上で向かい合いながら、ふとラディアータが言う。

「そういえば、今度の三校交流会はどうなったの？　出場許可もらった？」

「いえ、まだです」

あれから何度か心愛に直談判に行ったが、結果は同じだった。

日本トーナメントに出場するための推薦枠が欲しいのは、他の生徒も同じ。

ラディアータが指揮棒をくるくる回しながら言った。

「私が理事長に頼んであげようか？」

「それは魅力的な提案ですが……」

この女ならやりかねないな、と思いながら、識はそれをやんわりと拒否した。

「確かに江雲副会長の言うことも尤もです。俺には世界グランプリを制覇しなきゃいけない理由がありますけど、それは他の生徒たちも同じなんですよね」

「きみは次の世界グランプリで、その聖剣〝無明〟を継承しなきゃいけないだろ？」

「期限付きなのも、結局は同じなんだと思います」

「へえ？」

識は聖剣〝無明〟を構えながら、ラディアータの左脚をちらと一瞥した。

「ラディアータのように、前触れなく競技を離れなければならなくなる可能性もある。志ある人でも、ずっと競技に打ち込めるとは限らない」

「……なるほど。それは正しいね」

ラディアータは少しだけ憂いのある表情を浮かべると、それを振り払うように指揮棒型の聖剣を振り上げた。

6本の飛剣が旋回し、その背後に展開する。

「それじゃあ、いざというときにチャンスを摑み取るため、少しでも強くなれるように一緒に頑張ろうか」

「はいっ！」

もちろん、諦める気はないのだ。

他も同じ志を秘めているとはいえ、みすみす譲るつもりはない。

識の返事に、ラディアータは少しだけ安堵した様子である。

それから「そうだ」と悪戯っぽい笑みで提案した。

「もし心愛さんを説得できたら、ご褒美として温泉で背中を流してあげよう。どう？　やる気出るでしょ？」

「そんなこと平気で言うから、ピノに変な誤解されるんですよ……」

そもそも当たり前のように混浴している風に言わないでほしいのだった。

⚔⚔⚔

二週間が経った。
三校交流会が始まる朝、学園は賑やかな喧騒に包まれていた。
それもそのはずである。
今日から一週間、ここに日本の聖剣学園の精鋭が集結する。
いわば日本の未来を担うエリートたちだ。
すでに海外大会に進出し、世界に名を馳せる天才たちもいる。
同じ道を志す生徒たちにとっては、ある意味、最も近くで輝く星々であった。
そんな朝でも、相変わらず識は自主練に励んでいた。
林の中のランニングコースを走っていると、普段よりも多くの生徒たちとすれ違う。
彼らはどこか浮かれた様子で、事前に配付されたパンフレットを見ていた。
どうやら三校交流会の参加者たちについて話しているようだ。
「いやー、さすが聖剣学園のトップは人気だねー」
決して遅くない速度で走る識に、トレーニングスーツのピノが平然と並んだ。
2人で並走しながら、会話を続ける。

「三校交流会って、こんなに賑やかなイベントだったんだな」

「ありゃ？　アラヤっち、交流会のテレビ中継とか見たことない？」

「ラディアータが出ないから……」

「筋金入りだねー。ま、うちもそこまで詳しくは知らないんだけどさー」

また生徒たちとすれ違った。

今度は『〇〇様命！』みたいな、他校の生徒を誉めそやすタスキとか巻いている。

「でも聖剣学園のトップっていうことは、究極的にはライバルじゃないか？　みんな、割と好意的というか……」

「ミーハーだよなー」

「それだ」

アイドルが来校するようなテンションが、識にはよくわからなかった。

すると第三者が、識たち2人の隣に並んだ。

「識くん。それがスターの資質ッス。強い輝きを纏う星には、どうしても憧れちまうのが聖剣士のさがってことさあ」

「あ、唯我か」

黒髪ミドルヘアの男子生徒。

残暑が厳しい季節にもかかわらず、トレーニングスーツにマフラーを巻いて走っているのが

奇妙であった。

ヘラヘラと軽薄に笑いながら、親指と人差し指で輪っかを作ってみせる。

「ま！　オレくんだったら、名前の使用料を設定して不労所得狙うッスけどね！」

「出たよ、守銭奴」

ピノがうんざりしたように呟いた。

それに対して、男子生徒は肩をすくめる。

「ピノさんも動画投稿のアフィリエイトで稼いでるじゃないッスか」

「うちの活動は、あくまで聖剣演武の布教が目的ですー。それに稼ぎは寄付にも回してるもんね！」

「いやいや、結果は同じことさあ」

「てか、唯我っちの場合は、お父さんの名前に傷がついちゃうんじゃない？」

「ハハ。親父はそんなこと気にするような人じゃねえッスよ」

2人の会話を眺めながら、識は苦笑した。

王道唯我。

日本最強の聖剣士・王道楽士の第三子で、この学園の1年生。

識たちと同じAクラスで、入学時は推薦枠第二位だった男子である。

一学期の中間考査の際から、行動を共にするようになった。

唯我は識たちに並走しながら、周囲を見回した。

「てか、あのトンチキはどこッスか？」

「比隣のことか？」

「ッスね。最近は頑張ってる感じだったけど、とうとうリタイア？」

「さっきまで一緒に走ってたんだ」

「あー。単純についてこれないやつッスね」

唯我はカラカラ笑った。

識たちもかなり速度を上げているはずだが、楽々とついてくる。

識の肩に腕を回して、興味が失せたとばかりに話を変えた。

「それより識くん。聞いてほしいッス。隣室の男子が、歌姫の曲を爆音で鳴らしててさあ。オレくん、朝弱いじゃん？」

「なるほど。唯我が朝からトレーニングするなんて珍しいと思った」

その唯我に、ピノが聞いた。

「唯我っちは歌姫のこと気にならないん？」

「親父よりランク低いやつ、覚える気ねぇッス」

「へー。余裕じゃん」

「大会で当たれば、賞金が掛かってるんで多少は研究するさあ」

「ほんとお金大好きだよなー」

唯我はヘラヘラ笑いながら、識のほうを睨んだ。

「でも今のオレくんの目標は、識くんにリベンジすることだけッス。他のこと考えてるキャパねえよなあ？」

「そうだな。正直、俺も追い越されないように必死だよ」

2人でにやにやし合っていると、ふと前方に知り合いの背中を見つける。

「お、ビリビリボーイじゃん」

「本当だ」

天涯比隣である。

入学試験のときから、何かと識を目の敵にする1年生。

後ろで縛った真っ赤な髪は力なく垂れ、ぜえぜえと荒い呼吸を繰り返している。

……どうやら一周して追いついてしまったらしい。

「おーい、ビリビリボーイ。遅いぞー」

「トンチキくーん。そんなんじゃ識くんにリベンジする前に引退されちゃうッスよー」

「ふ、ふざ、ふざけ、てめえら……ゲホゲホッ」

比隣が振り返って、があっと悪態をついた。

「てめえらが速すぎんだよ！　この体力バカどもが……っ！」

識が「うーん……」と首をかしげた。

「比隣、ちゃんと訓練してるのに体力が上がらないな……」

「識くん、違うッス。『身体強化』の覚醒が開いてないのが原因さあ」

「ああ、なるほど。比隣、まだ覚醒一つしか開いてないからな……」

追い抜くとき、ピノが温かい声援を投げる。

「でも入学したときよりはいい感じだぞー。ファイト！」

「うるせえ！　さっさといけ！」

……声援というか、煽ってるだけであった。

比隣を置き去りにすると、ピノは清々しい笑顔で言う。

「いやー、ラディ様同盟もこれで4人かー。着々と勢力拡大してるよなー♪」

「え？　その不名誉な同盟、まさかオレくんも含まれてるッスか？」

唯我がげんなりしながら言ったところで、校門の近くに差し掛かる。

長い人だかりが続いていた。

まるで道を作っているようにも見える。

生徒だけではなく、大きなカメラを抱えたマスコミの姿も多かった。

ピノが神妙な顔で首をかしげる。

「あれ？　さっき走ったとき、あんな人だかりあった？」

「そういえば、そろそろ10時か……」

識がスポーツウォッチで時間を確認すると、校門で歓声が上がった。

同時にドーンッ、ドーンッと号砲が鳴る。

ゆったりと徐行運転するバスが、人だかりの間を進んできた。

バスの側面には『SEIKEN HIGH SCHOOL 1』と描かれている。

聖剣学園第一高等学校――北海道校の代表チームが到着したのだ。

日本に三校のみの聖剣学園。

その中でも、最大規模を誇るといわれる北海道校である。

それだけ名の通った聖剣士が多く、王道楽土が覇権を握るまでは最強の名門校として名を馳せていた。

現在でも、在校生の実績では三校随一と言われる。

そして当代の北海道校の生徒たちは――派手好きとして有名であった。

第三高等学校──別府校の歓迎に対して、スクールバスに変化が起こる。

ウィー……ン、と天井が開いてステージがせり上がってきたのだ。

そこに煌びやかな聖剣演武の衣装に身を包んだ、1人の女子生徒が立っていた。

一言で言えば、絶世の美少女であった。

腰まで届く豊かな黒髪に、大きな美しい瞳で周囲を見渡している。

豊かなバストと滑らかにくびれた腰つき。「ボンッキュッボンッ」みたいな効果音が聞こえてきそうな高校生離れした体軀であった。

北海道校、第一席。

春風瑠々音。

最大勢力・北海道校の統括にして、海外大会でも高い実績を残すプロ聖剣士。

その強力な容姿も相まって、国内外問わずに幅広い支持を得ている。

しかし人気の秘密は、強さと容姿だけに留まらない。

その手には、長いスタンドマイクが携えられている。

瑠々音がパチンと指を鳴らすと、バスが停止して、巨大なスピーカーからメロウな音楽が響き渡った。

そして瑠々音が、透き通るような歌声で歌い出したのだ。

それに対して、別府校の生徒たちとマスコミ――。

怒涛の歓声で盛り上がっていた。

春風瑠々音。

いずれは王道楽土に代わり、日本の聖剣界の顔になると期待される彼女だが……。

ついでに歌手としても活動していて、『ＲｕＲｕ』という名義で世界的に売り出し中なのである！

瑠々音は近日、配信予定の新譜を歌い終えると、周囲に大きく手を振った。

『みんな、お出迎えありがとう！　三校交流会の間、よろしくお願いね！』
世界の歌姫とか誉めそやされる割に、気さくなキャラクターのようであった。
それに対し、わあーッと歓声で応える別府校の生徒たち。
もはやミーハーを通り越して宗教じみている。
今朝からの生徒たちのテンションの高さは、ほとんど瑠々音に対するものだった。
その様子に、識も足を止めて見つめる。
聖剣士マニアであるピノも、一緒に「うおーっ！」と盛り上がっていた。
「わー、生『RuRu』だ！　サインほしいなーっ！」
普段はヘラヘラ笑っている唯我も、さすがに圧倒されている。
「うわー。こりゃ異常な人気ッス。本当に同じ高校生か？」
そして識は――。
(本当に瑠々姉だ……)
地元の剣術道場。
小学生の頃の、たった1年の思い出。
それでも確かに面影を感じ、少しだけ懐かしさが蘇っていた。
(あの頃から強かったし綺麗だったけど……本当にすごい聖剣士になったんだな……)
識が幼い頃、思い描いた理想像だった。

まさにスターと呼ぶにふさわしい。

昔の瑠々音を知っているだけに、感動もひとしおだ。

(乙女と一緒に、たくさん遊んでもらったけど……)

よく「お姉ちゃんが守ってあげるからね」なんて言われていたものだ。

ずいぶんと遠い存在になったなあ、といっちょ前に一抹の寂しさを感じていると……。

——ステージ上の瑠々音と目が合った。

一瞬、瑠々音が目を見開くのがわかった。

ふいにマイクパフォーマンスを止め、なぜか識をじっと見つめている。

(あれ……?)

その態度に、識は呆けた。

(……もしかして、俺のこと覚えてるのか?)

などと、非常にのんきなことを考えていると……。

ステージ上の瑠々音が、マイクを落とした。

満面の笑みを浮かべて——。

「識ちゃ～～～～んっ!」

ぴょーん、とバスの上から跳躍したのだ。

そのまま前方の人だかりを飛び越えて、識のほうへ両腕を広げて落下してくる。

「……っ⁉」

識は慌てて、その身体を受け止めた。

羽根のように軽い身体を抱きとめると、瑠々音がよく通る声で宣言する。

「迎えにきたわ、わたしの運命の弟くん♪」

識は「は……？」と完全に固まっていた。

ピノが顔を真っ赤にして「わひゃー」なんて言いながら、スマホで写真を撮りまくっている。

周囲の生徒たちも、予想外の事態にぽかんと見つめるばかりであった。

瑠々音だけがにこにこ嬉しそうに笑っている、その如何ともし難い謎の状況。

その均衡を打ち破ったのは——後から走ってきた天涯比隣であった。

「邪魔だ、無能野郎があ————っ！」

「ぐはあ……っ！」

なぜか背後から識の尻を蹴って、汗だくの比隣が叫んだ。

「ランニングコースの真ん中にバス停めて、ダラダラ何やってんだ⁉　てめえも突っ立ってねえで、さっさと道を開けやがれ！　暑苦しいな！」

ぜぇはぁぜぇはぁ、と今にも倒れそうなほど疲弊した比隣が、周囲にお構いなしで識に八つ当たりをしようとする。

それ自体は普段通りのことなのだが、いかんせん状況が見えていなかった。

識に伸ばした手は——なぜか瑠々音によって止められていた。

瑠々音が「うふふふふ」と笑いながら、比隣の腕をぎりぎりと締め上げる。

その穏やかな笑みの中、こめかみに『💢』が浮かんでいた。

「識ちゃんを！　いじめるのは！　やめなさい！」

非常に美しい怒声と共に、比隣の身体を背中にのせ、強かに地面へ打ち据える。

お手本のような一本背負いが決まった。

シーン……と観衆たちが静まり返っていた。

瑠々音がハッとすると、慌てて頬に手を当ててスマートに微笑んだ。

「ごめんなさい。怖かったから、つい……」

それに対し、周囲の観衆。

なぜか「わあーっ！」と歓声を上げていた。


ここは強さこそがステータスとなる聖剣学園。

暴力系歌姫……むしろ正統派なのであった！


「識ちゃん。また後で会いましょう」

きゅっと手を握って、バスへと戻っていく瑠々音。

識はそれを呆然と見送っていた。

（いったい、何だったんだ……？）

可哀想なのは比隣である。

血の気が多いのは仕方ないが、今回ばかりは被害者であろう。

わけがわからないうちに伸された彼は、ただ青空を見上げて呻いていた。

「な、何が起こってんだよ……ぐふっ」

がくっと意識を失った比隣を見下ろしながら、ピノと唯我が2人で唸った。

「ビリビリボーイ、すごいね……」

「間違いなく、大物かバカのどっちかッス……」

とりあえず保健室運ぶかー、と3人で比隣を引きずっていく。

その途中、ピノがボイスレコーダーを起動したスマホを向けて言った。

「アラヤっち。歌姫との関係、後で聞かせてね？」

「はい……」

ゴシップ大好きなキラキラとしたまなざしに、識はうなずくだけだった。

×××

ひと騒動あったものの、無事に第二校——長野校の代表チームも到着した。

こうして三校が揃い、一週間の交流会が開会される。

……とはいえ、開催校の生徒たちの生活はそれほど変わらないという。

この三校交流会に参加するのは、各校のトップのみ。

何日かは体育祭のようなイベントがあるらしいが、基本的に在校生は普段通りのカリキュラムとなる。

変化があるとすれば、たまに学園で有名人に会えることや、訓練場で行われる学園上位チームの交流会を見学できることくらいだ。

……ということで、別段、大きな変化はないだろうと高を括っていた識たち。

なぜか1日めの夜に開催される懇親パーティに、手伝いとして駆り出されていた。

具体的に言うと、ボーイの格好でパーティ会場の空いたグラスを回収する係である。

ピノが可愛らしいスカートを揺らし、空のグラスを持ってきた。

「このやけに広い部屋、何に使うのかなーって思ってたけどさー」

「お金持ちの社交パーティみたいになってる……」

「まあ、大きい国際大会とか、こういうパーティとセットみたいなの聞くし、恥かかないように慣らしてるのかもねー」

「ピノはそつなくこなしそうだな」

「うちだって緊張するって。それにしてもスポンサーのお偉いさん率エグいなー」

「俺でも知ってる人ばかりだ……」

「てか、なんでうちらが手伝いなんだろ？」

「あ、確かに。普通に校外の業者の人もいるのに……」

2人でお上りさん状態に陥っていると、背後からポンと肩を叩かれた。

煌びやかなドレスに身を包んだラディアータが、大層なキメ顔で立っている。

「一学期の第五位までは、優先して雑務を経験させるんだよ。来年はきみたちも向こう側だからね」

「あ、ラディアータ。ドレス、似合ってますね」

「フフッ、ありがとう。少年に褒められると、悪い気はしないな」

涼しい顔で対応するラディアータ。

褒められ慣れてんなあ、とか思っていると、隣のピノが「わぎゃあーっ！」となって即座にスマホで写真を撮ろうとする。

しかしすぐに、ラディアータから没収されてしまった。

「スマホはダメだよ。世界的な企業のトップも参加しているからね。それに行儀よくしておいたほうがいい」

「どういうことですか？」

「スポンサー企業は聖剣士の能力だけじゃなく、イメージも重視する。能力は十分でも、普段の素行が悪いという理由でチャンスを逃すプレイヤーも多い」

指をさした方向を見ると、唯我が同じようにボーイ姿で歩いていた。

姿勢を正してシャキッと仕事をする様子は、やはり育ちの良さをうかがわせる。

「いつもは『タダ働きはお断りッス』とか言ってんのになー」

「こういうところ、さすが王道楽土の息子だ」

2人で感心していると、ラディアータが笑いながら言った。

「そういえば聞いたよ。少年、北海道校第一席の子と知り合いだったんだって？　今朝、大騒ぎだったらしいじゃない」

「すみません。ちょうど、ランニング中に通りかかって……」

「夏休みに言ってた、あの幼馴染二号さん？」

「そうですけど、言い方……」

ラディアータは識の顎に手を添えて、フフッと妖艶な笑みで迫る。

「まったく、私の知らないところで女の子と親しくするなんて妬けちゃうね。競技のイロハは仕込んだだけど、異性を引っかけてくる手管は教えたつもりないよ？」

「スポンサーいるから行儀よくしとけって言ったの誰でしたっけ……？」

ここがマスコミ禁止でよかったと心から思う識であった。

「というか、夏休みに三校交流会の話が出たとき、教えてくれてもよかったのに。そんなに私に知られたら困る相手？」

「い、いえ、そういうつもりじゃないです。今は連絡先も知らないし、あっちが俺のこと覚えてるなんて思わなかったので……」

まさか「あの有名な聖剣士、小学校の頃のチームメイトなんだぜ！　すげーだろ！」なんて吹聴する自分を想像すると、痛々しくてしょうがないのである。

「そもそもラディアータは瑠々姉のこと、ご存じないんですか？　日本人選手としては王道楽土の次くらいに有名なんですけど……」

「日本トーナメントで少年のライバルになるだろうから、データとしては知ってるけどね。個人的には話したことないよ」

「海外の大会で戦ったことは……」

「あの幼馴染二号さんがシニアデビューしたの、早くても2年前でしょ？　私はその頃、最後の世界グランプリの調整に入ってたから。その後は怪我して引退しちゃったし」

「あ、なるほど。入れ違いになったんですね……」

そんな話をしていると、向こうで理事長がラディアータを呼んだ。

スポンサーが話をしたがっているらしい。

こういう場は、彼らにとっても貴重な機会なのだろう。

「少年、私は行ってくるよ。お仕事、頑張ってね」

「わかりました」

去り際、ラディアータは「おっと、忘れ物」と振り返る。

どうしたのかと思っていると、突然、識の額にキスをかました。

「あまり私が心配するようなことしちゃダメだよ？」

「は、はい……」

とんでもなく綺麗なウィンクをして、今度こそスポンサーのほうへ行ってしまった。

これが異性を引っかける手管か……と識が顔を赤くしていると、隣からピノのじとーっとした視線が刺さる。

「絶対に怪しい……」

「ら、ラディアータは誰にでもこんな感じだろ。それじゃあ、俺は仕事に戻る」

「逃げた！」

「逃げてない……」

空のグラスを探しながら、各校の代表者たちの様子を見ていく。

男子生徒はタキシード、女子は綺麗なドレス姿。

服装一つにもすごく気合が入っているのは、それだけ各校が三校交流会に威信を懸けている証だろう。

しかしそれとは裏腹に、生徒たちは和気藹々とした雰囲気だった。

（……同じ競技のライバルだし、もっと殺伐とした感じなのかと思ったけど）

あまり自校メンバーで固まらず、他校の生徒と談笑しているのが目につく。

おそらく大会などで顔を合わせることもあるのだろう。

（俺も来年は、参加する側か……）

そうなっている自分……どうも想像がつかない。

元々、ラディアータと共有していたプランでは、来年の今頃はすでに海外の国際大会に参加している予定だ。

となれば、ここより大きな会場でグラスを揺らしながら「ヘイ、ボーイ」なんてジュースのお代わりを要求しているのかもしれない。

想像力が極めて貧相であった。

（……本気で想像がつかない。俺、大丈夫なのか？）

１人で勝手に行く末を憂いていると、ふと自分を手招きする人影を見つける。

別府校のちびっこ副会長、江雲心愛だった。

他の女子生徒と同じように、黄色いドレスでめかし込んでいる。

海外遠征経験者だけあり、こういう場も慣れているようだ。

「阿頼耶識。話がある」

「どうしました？　あ、ジュースのお代わり？」

「違えーよ。おめー、向こう一週間、なんか用事ある？」

「用事？　いえ、普段通り訓練の予定ですけど……」

心愛がにまーっとあくどい笑みを浮かべた。

せっかくのお洒落も台無しである。

「知ってるかもしれねーが、開催校は他校のゲストに案内人を付けることになってんだ。三校交流会の慣例でな」

「案内人？　ホテルの従業員ですか？」

「いやいや。がっつり世話係じゃなくて、滞在中の話し相手みたいなもんだ。聖剣学園はどこも広いからよ。一緒に行動して、校内の道案内とかする生徒がいるんだ」

「なるほど。ホームステイ先の同年代の友だちみたいな感覚でしょうか」

「お、いいじゃねーか。飲み込みが早くて助かるぜ」

やけに上機嫌な心愛が、指を二本立てた。

「メリットとしては、まず授業免除。あとは交流会の行事にも付き添うから、他校の聖剣士を間近で観察できる。しかも相手は、すでに海外遠征も経験してるエリートだ。おめーみてえな向上心が高いやつなら、そのオーラを肌で感じたいんじゃねーか？」

「そうですね。俺だったら、ぜひやりたいです」

「うんうん。さすが阿頼耶識くん、ノリがいいねー。ということで……」

ポンと肩を叩かれた。

「やれ」

「……は？」

「普通は2年から選ばれるんだが、相手さんのご指名だ。やれるな？」

「俺ですか？」

「やりてえって言ったじゃん」

「まあ、やれるなら……」

実際、識にとっては悪い話ではなかった。

自分よりも格上の聖剣士と行動を共にすることは有意義だ。

そもそもこの男、基本的にそれほど人嫌いではない。

わざわざ自分を指名したという情報に少しだけ嫌な予感は覚えたが「わーい他校の友だち作るチャンスだー」くらいの能天気な気持ちで引き受けた。

……だが問題は、この肩を掴む心愛の手に、ギリギリと何かしら怨念めいた力が込められていることだった。

「カッカッカ。ただ案内すりゃいいってもんじゃない。おめーは別府校の人間だってことを忘れるな。相手の癖、弱点、何でもいい。有益な情報を盗んでこい」

「なんか恐ろしいこと言い出した!?」

なるほど、合点がいった。

相手が指名した自分をあてがえば、何かしら油断が生まれると踏んだのであろう。

「そんなことしていいんですか？　スポーツマンとして間違ってるような……」

「そんな綺麗事だけで飯が食えるか！　最終日の決戦セレモニーが、聖剣学園として死ぬほど大事なんだよ！」

決戦セレモニー。

いわば三校の頂点を決するガチンコバトル。

先日から識が直談判をしていた、各校の代表チームによる聖剣演武イベントであった。

マスコミに公開されることもあり、三校交流会でもメインディッシュとして扱われる。

心愛は「カカカカ……」と鬼気迫る様子で、両肩をギリギリ掴む。

「開催校として、スポンサーの前で敗北することは絶対にノーだ。うちは今、会長が不在だからな。勝ち星を一つでも多く、貪欲に獲ってかなきゃいけねー……っ！」

楽しそうに会談する裏で、こんな読み合いが渦を巻いていたらしい。

識は今更ながら、恐ろしい世界に足を踏み入れてしまったと思った。

「……それで、俺が案内する相手は？」

心愛がにこっと微笑んだ。

識の背後を指さし、そっちに目を向けると……。

北海道校第一席、春風瑠々音が満面の笑みで立っていた。

識の頭を抱きしめると、感極まった様子でワシワシ髪を撫でていく。

「識ちゃん、久しぶり！　さっきは少しだけしかお話できなくて悲しかったわ！」

「る、瑠々姉。久しぶり……」

「わっ。その呼び方、懐かしいわね」

「ぶふ……っ！」

豊かなバストに鼻先を押し付ける形になり、識はバタバタ逃れようとする。

と、身体を離す拍子に、その胸を思い切り摑んでしまった。

「やんっ」

そんな嬌声を上げて、瑠々音は識を解放した。

瑠々音は頰を赤らめて、両手で顔を押さえて恥ずかしがっている。

「もう、識ちゃんのえっち……」

「………」

識は喀血しそうになりながら、何とか耐えた。

ラディアータとの生活で、この手のイベントに少しでも慣れていてよかった。……いや、できれば慣れたくはなかったと切なさがこみ上げる。

それよりも、だ。

「瑠々姉、挨拶が遅れてごめん。俺のこと覚えてると思わなくて、その、すごく驚いた」

瑠々音は柔らかい笑みで言った。

「識ちゃんのこと、一時も忘れたことないわ」

「そ、そうなんだ……」

妙に照れ臭かった。

……そんな幼馴染の再会を、隣でニマニマ見ているのは心愛である。識はハッとすると、慌てて彼女へ耳打ちした。

「もしかして、俺を指名したのって瑠々姉ですか……？」

「おう。おめーには気を許してるみたいだからな。いい情報、待ってるぜ？」

「……情報はともかく、わかりました。瑠々姉の滞在中、俺が責任をもって案内人を引き受けます」

心愛は「よろしく～」とぶん投げて、パーティに戻っていった。

２人で残された識と瑠々音は、互いに顔を見合わせて笑った。

（あ、そうだ。ラディアータにも言っておかないと……）

案内人の役を引き受けた以上、瑠々音との行動を優先しなければならない。

ラディアータのレッスンも、うまいこと時間を擦り合わせてもらおう。

そう思いながら最愛の師匠を探すと……さすが目立つ女だけあり、その姿はすぐに見つかった。

「ラディアータ！」

呼んでみると、すぐに察してやってくる。

「少年、どうしたの？」

「実は江雲副会長からお話がありまして……」

かくかく、しかじか。

瑠々音の案内人の役を引き受けたので、一週間はレッスンの時間を調整させてほしい。

その旨を告げると、ラディアータはうんとうなずいた。

「なるほど。……わかった。強い聖剣士の活動を間近で見ることも貴重な経験だよ。レッスンはできるだけ融通を利かせるようにしよう」

「ありがとうございます！」

ラディアータは、にこりと微笑んだ。

そしていつものように識の顎に手を当て、キラリと極上のスマイルを浮かべる。

「ホームシックになったら、いつでも私の部屋においで？」

「俺のホーム、この学園ですけど……」

苦笑しながら、あっと我に返る。

「瑠々姉。知ってると思うけど、この別府校で特別講師をしているラディアータ。実は俺の師匠で、一緒に世界グランプリを目指して……」

ちょっと自慢げに紹介したのだが……。

「…………」

「あれ？」

瑠々音は静かに歩み出ると、なぜか識を背中に庇うように立った。

そして挑戦的な笑みを浮かべる。

「ラディアータ・ウィッシュ。もう貴女のレッスンは必要ないわ」

そしてラディアータよりも豊かなバストでドンッと威嚇する。

「識ちゃんは三校交流会の後、北海道校に連れて帰ります！」

シーン……、とパーティ会場が静まり返っていた。

ピノだけは嬉しそうにスマホで写真を撮りまくっている。

そんな観衆の視線も何のその、瑠々音はにこりと微笑んで識の手を握った。

「識ちゃん。お姉ちゃんと一緒に、幸せに暮らしましょうね♡」

「…………」

識は戦慄した。

これは、まさか……？

——そう、ラブコメ展開なのであった！

✕✕✕

手を引かれるままにパーティ会場を抜け出したのは、それからすぐのことだった。

学園内のレンガ造りの歩道の上、照明の下で識は瑠々音を引き留める。

「瑠々姉。ちょっと待ってくれ！」

瑠々音は振り返ると、黒真珠のような瞳に大きな涙を湛えていた。


そして識の身体を、ひしと抱きしめる。


「識ちゃんのこと、ずっと想ってたわ。離れ離れになっている間も、ずっと愛してた」

「そ、そうなんだ……」

おかしい。

久々に再会した幼馴染に対する熱量ではない。

識はこの温度差に、どうすればいいかわからなかった。

そんなことお構いなしで、瑠々音はさらに浸り気味に続ける。

「これから識ちゃんのこと、わたしが守ってあげるからね。一生、わたしが怖い思いはさせないわ」

「え、えーっと……」

心なしか、瑠々音の息が荒くなっている。

識は自分の記憶とのギャップを感じた。

「瑠々姉。なんか変わった……？」

「そんなことないわ。わたし、子どもの頃から識ちゃんのこと実の弟のように思ってたの」

「そ、そうだよな。俺も昔は、瑠々姉のこと本当の姉さんみたいに思ってたんだ」

「嬉しい！　わたしも……」

感無量という様子で、くわっと叫んだ。

「いつか身も心もわたし無しじゃ生きられないようにしたいって思ってた！」

「へ、へえ。初耳だな……」

本当の姉さんみたいだとは思っていたが、そこまで重いのは期待していないのだった。

(な、なんか様子がおかしい……)

会話は噛み合っているのに、明らかにテンションが食い違っている。

その証拠に瑠々音はポッと頰を赤らめて、ちょっと恥ずかしそうに言った。

「あ、でも弟になってもエッチなのはダメよ？　プロの聖剣士としても、歌手としても、2人の子どもはまだ早いわ」

「瑠々姉？　今、弟って言ったよな……？」

「真の絆で結ばれた姉弟は、エッチなこともするわよね？」

「まず瑠々姉の弟像について詳しく話し合う必要があると思うんだ……」

なぜか瑠々音は、ガーン、と顔を青ざめる。

「え？　違うの……？」

「え？　本気なのか……？」

片手をブンブン振りながら、慌てて否定してきた。

「今のはなし！　わたし、そんな本なんて読んでないから！」

「瑠々姉？」

「そ、そんな目で見ないで！　本当、本当に大丈夫だから！　知見を広げるためで、好きで読んでるわけじゃないの！」

「瑠々姉……」

そこらへんで識は察した。

（……あれ？　瑠々姉、もしかしてヤバい人？）

これまで瑠々音の活躍は、配信などで見ていた。

容姿だけではなく、確かな実力を兼ね備えた聖剣士。

インタビューのときも頼りになるお姉さんという感じで、識は誇らしく思っていたものだ。

しかし、今――。

こうして再会した瑠々音は……なんか思ってたのと違った。

かつての『強いお姉ちゃん』という憧れは、音を立てて崩れ去った。悪い方向で。

(でも、おかしい。どうして、こんなに好かれているんだろう。俺が覚えてないだけで、昔、何かあったのか……？)

必死に記憶を呼び覚まそうとしても、出てくるのは幼少期の普通に幼馴染やっている記憶ばかり。

一緒に道場で稽古して、一緒に遊んだ。

ぶっちゃけ、それだけだ。

数年来の再会で、こんな謎の好意をぶつけられるような記憶はない。

(瑠々姉のことは嫌いじゃないけど、どうすれば……)

識が戸惑っていると、再びきゅっと両手を包むように握られる。

「そんなことよりも、識ちゃん。一緒に北海道校へ行きましょう？　ラディアータじゃなくて、わたしと一緒に世界を目指しましょう？」

「そ、それは……」

確かにパーティ会場でも、そんなことを宣言していた。

考えるまでもない。

識にとって世界は優先すべき目標だ。

でも、それよりも最優先するのは『ラディアータと一緒に世界で戦う』ことなのだ。

もちろん識。

ここは男らしくビシッと断るつもりだった。

それなのに——。

（あ、あれ？　声が出ない……？）

なぜか否定の言葉が、喉につっかえたように出てこない。

心ではすでに決めているのに、身体が実行に移せないという感覚。

緊張している？

それもあるが、異変はそれだけではない。

（なんで俺、瑠々姉の誘いを受けようとしているんだ？）

不思議な感覚だった。

頭では否定しているのに、なぜか身体は肯定しようとしている。

脳と身体のリンクが、不自然に繋ぎ換えられているような……。

（いや、そんなこと考えてる場合じゃない）

自分の口が「わかった。それじゃあ、荷物をまとめるよ」とあっさり述べようとしているのだ。

必死に止めようと、両手で口をふさぐ。

しかしその腕すらも、識の言うことを聞かずに引き剝がされる。

日常から非日常にぬるりと片脚を突っ込むような感覚に気づき……。

識はその可能性にたどり着いた。

（この感覚は——まさか！）

ただ問題は、気づいたところで手遅れということだが。

識は静かな絶望に染められた。

（これは、マズい……っ！）

何か打開策を——と思いつくわけもなく。

ついにその口が「わかっ……」と告げようとした瞬間——。

「その返事、待ってもらおう」

救いの声は、なぜか頭上から降ってきた。

その声の主は――。

「ラディアータ！」

なぜか外灯の上に立つラディアータが、スタイリッシュに降り立った。

それらの行動を片脚でやってのけるあたり、さすが世界最強の剣星である。

と、識は自分の身体が思い通りに動くことに気づいた。

慌ててラディアータのほうへと後ずさる。

先ほどまでの違和感は、すっかり消えていた。

（やっぱり、今の感覚は……）

その答えは、識の後ろに立つラディアータが言った。

「瑠々音さん。今、聖剣の能力を行使しようとしたね？」

「…………」

瑠々音は答えなかった。

しかし否定もしない。

ラディアータは小さくため息をついた。

「その判断はオススメしないな。この学園内では聖剣の使用が許可されているけど、他人を害するとﾊﾝ断されるような使い方は然るべき機関に連絡せざるを得なくなる。今、きみは北海道校の代表としてここにいるはずだよ」

識は「ラディアータも人のこと言えないけどなあ……」という言葉をぐっと飲み込んだ。

1年前、再会したばかりの日、地元の公園で力を試されたのは記憶に残っている。

そして渦中の瑠々音は、悔しそうに唇を噛んでいた。

「ラディアータ・ウィッシュ。貴女が識ちゃんをたぶらかさなければ、わたしもこんな手段に頼る必要はなかったわ」

そうだったらしい。

いつの間にかたぶらかされていたらしい識は、それを否定しようとして……。

（……いや、たぶらかされてるのかもしれない）

普段の過剰なスキンシップを思い返して、つい否定の言葉を飲み込んでしまった。

さて、そのラディアータ。

余裕の笑みを浮かべたまま、瑠々音に告げる。

「瑠々音さん。きみの主張はよくわかった。その可憐な容姿に、マグマのような熱い血潮と激しいパトスを感じる」

「盗み聞きとは感心しないわ。世界最強の剣星も、ただの女ってことかしら？」

「フッ。嫌われているようだね。まあ、それもしょうがない。少年のお姉ちゃんとしての地位は、すでに私の手の中にあるのだから」

識は「ラディアータがいつお姉ちゃんになったんだよ……」とツッコみかけてやめた。今がギリギリでシリアスだという判断である。

その間にも、女同士のよくわからないバチバチは膨れ上がっていた。

「瑠々音さん。確かにきみの少年への気持ちは本物のようだ。でも私には及ばない。私たちには、確かな絆が存在するのだからね」

「くっ……」

一瞬、怯んだ瑠々音だが、気丈にも言い返した。

「ポッと出のくせに、識ちゃんをわかった風に言うのはやめてほしいわ！」

大きなブーメランが後頭部に刺さっているが、都合の悪いことは無視する方針でいくようだった。

ラディアータよりも大きなバストを強調し、キーッと威嚇する。

しかし世界最強の剣星は、そよ風だと言わんばかりの涼しい態度だった。

「瑠々音さんは気づいていないかもしれないけど——すでに〝覚悟〟が違うんだ」

「か、覚悟ですって……？」

ラディアータは口元に指を当て、フッと勝ち誇るように笑った。

「なぜなら少年が望めば——私は子も生せる」

「な……っ⁉」

瑠々音に戦慄が走った。

そうなのだ。

ラディアータは世界最強の剣星とはいえ、もはや競技を引退した身。


やろうと思えば、いつでもやれるのだ！


その事実に、瑠々音は大いに動揺した。

識を見つめると、涙ぐんで悲しそうに訴える。

「し、識ちゃん……。目を離した隙に、とんだパリピになっちゃって……」

「だからこれ、姉の定義の話だよね？」

「でも、わたし、それでもいいわ。たとえ血が繋がっていなくても愛してみせる……」

「なんで瑠々姉が育てる前提なんだよ……」

困った姉の適応力の高さに、識は頭を抱えた。

そしてラディアータは、自分の覚悟（笑）に酔っている様子である。

「フフッ。少年と私の子か……。さぞ聖剣に愛された麒麟児となるだろうね」

「100と0を足して2で割ったら、50になるだけでは……？」

マジでその場のノリと脊髄反射で喋る癖はどうにかしてくんねえかな……と愛する弟子はうんざりしていた。

いつの間にかシリアスは完全に消滅していた。

いや、あるいは瑠々音の立場を鑑み、聖剣使用の件を有耶無耶にするためのラディアータの大人な対応の一種かもしれない。

しかし、その代償として謎のラブコメ展開がさらに混迷を極めていた。

識がスマホでピノに助けを求めようとして……いやいやダメだ。あの女を呼んでしまえば、さらに場を引っ掻き回すことになってしまう。

（こういうときは、比隣か唯我を呼んだほうが……）

……とスマホをいじっていると、ラディアータが宣言した。

「いいだろう。ならば、両者が納得する形で決着をつけようじゃないか」

識は自分が含まれていないのを悟った。

そして何の決着をつけるのかはわからなかったが、2人が楽しそうだからいいかと諦めてもいた。

ラディアータが、真剣な表情の瑠々音に向かって——世界一のどや顔で決める。

「きみが少年を預けるに値するか——私が試してあげよう」

―幕間― いつもは地味な彼の、誰も知らない夜の顔

Hey boy, will you be my apprentice?

王道唯我。

かの日本最強の剣星、王道楽土の第三子。

性格はヘラヘラと緩い感じの守銭奴くんである。

将来の夢は、世界各国の国際大会を荒らし回る賞金ハンター。

聖剣学園に通っていながら、世界グランプリを目指していない異端児でもあった。

そんな唯我は、今、微妙に面倒くさい状況に追い込まれていた。


聖剣学園・三校交流会。


その初日のパーティ会場で給仕をしていた唯我は、ある痴話喧嘩の一部始終を目撃した。

同級生の阿頼耶識が、北海道校の春風瑠々音に連れ出されたのだ。

識の師匠たるラディアータも、いつの間にか会場から消えていた。

その三角関係（?）を評するところによると……。

（よくわかんないけど、識くんってモテるッスねえ。明日、茶化してやろ）

まったく興味がない唯我であった。

さて、今日はこれで用事は終わり。

男子寮の部屋に戻って、音楽でも聴いて過ごそう。

そう思っていたのだが……。

「ということで！　突撃、ラディ様同盟！」

「だからその不名誉な同盟には入れないでほしいッス……」

同級生の百花ピノに見つかったのが運の尽き。

ラディ様大好き、ゴシップ大好きのピノが、あの三角関係を放っておくはずがないのだ。

「ほらほらー。唯我っちも気になってるんでしょー？」

「全然そんなことねえッス」

「んふふー。ほんと、思春期くんは素直じゃないなー♪」

「この学園の女子って、なんでこう人の話を聞かない人ばかりなんスか……」

うんざりしながら「まあ暇だし……」みたいなスタンスでついていく。

「てか、どこ行くんスか？」

　ピノがスマホの学内アプリで、同級生たちと連絡を交わしている。

「アラヤっちとラディ様が、『ＲｕＲｕ』と一緒にどこか行くの見た人がいるんだよねー。今はその付近で目撃情報ないか聞いてるとこ！」

「コミュ力の無駄遣いッスねぇ」

　道すがら、唯我が聞いた。

「ピノさんはどっち派なんスか？」

「うーん。やっぱラディ様推しだけど、歌姫も捨てがたいよなー」

「へえ。てっきりラディアータ一筋だと思ってたさあ」

「そりゃ最強はラディ様だけどさー。可愛い女の子は等しく世界の宝だよね！」

「じゃあ、歌姫についても調べてるんスか？」

「よくぞ聞いてくれました！」

　ピノは胸ポケットから丸眼鏡を取り出した。

　それを装着すると、自慢の聖剣士データベースを披露する。

「春風瑠々音。日本聖剣学園第一高等学校の第一席。強豪の北海道校で、入学1年めにして日本トーナメント出場権を獲得した逸材。歌手活動をするきっかけは、聖剣演武の試合を見にきていた大手事務所の社長が惚れ込んで直々にスカウトに行ったんだって。最初は断ったらしいんだけど、三顧の礼っていうやつ？　最後は社長の粘り勝ち？　だからすごく優遇されてるんだけど、実際、ライブにグッズ販売に聖剣演武の興行に、かなり稼いでるらしいからねー。好きな食べ物はきりたんぽ鍋で、嫌いな食べ物は……」

「お、おう。すげえッスね。ピノさんが……」

唯我が圧倒されていると、ピノはどや顔マックスで言った。

「何より『ＲｕＲｕ』といえば、やっぱり聖剣演武の華やかさだよねーっ！」

「華やかさ？」

ピノは人差し指をビシッと立てた。

「『ＲｕＲｕ』は、歌いながら闘うんだよ」

唯我の頭に大量の『？？？』が浮かんだ。

「どういうことッスか？」

「文字通り、『ＲｕＲｕ』は聖剣演武の試合中にライブするの。聖剣士としてのパフォーマンスの一環なんだけど、それがウケて人気爆発って感じなんだよねー」

「なんか小さい頃に見た女子向けアニメみたいッスね」

「そうそう！　聖剣の能力もそれに関係あるみたいで、シナジー最強らしいんだよなー」

唯我は首をかしげる。

「じゃあ、アイドル枠って感じッスか。それなら歌姫とか言われてチヤホヤされてんのもわかるさあ」

「いやいや唯我っち。やっぱりプロとして魅了する聖剣士は、強さも一味違うって」

「へえ?」

「『RuRu』の強さの秘訣は——……」

と言いかけた瞬間、ピノのスマホにメッセージが入った。

「あ、3人が『RuRu』のゲストルームに入ってくの見たって! こうなれば間違いない!

3人で秘密のウフフでしょ!」

「……せっかく真面目に聞いてたのに」

唯我の呆れ顔も無視して、ピノがフンスと鼻息荒く拳を握る。

「いやー、楽しみだよねー。世界最強の剣星と、今を時めく歌姫が、アラヤっちを懸けて恋の場外乱闘!? こいつはマスコミが察知する前にうちがSNSに投下じゃーっ!」

「やりすぎたら、また識くんに怒られるッスよ」

ゲストルームに到着した。

来賓用の宿泊施設で、教員寮と同じくらいの設備が整っている。

パーティを終えた他校の生徒たちが出入りするのに紛れて、2人も侵入した。

そろりそろりと廊下を歩きながら……いや、他に案内人の生徒もいるし、咎められることはないのだが。

「つーか、どこの部屋かわかんねぇッスけど」

「任せなさい」

ピノが滑走靴型の聖剣を顕現する。

――聖剣〝タイタンフィールド〟。

靴底の刃で地面を斬りつけ、鉱物を操作する能力。

ラディアータたちに比べると心許ない胸を、自慢げに張った。

「うちの聖剣の力を建物に伝播させて、部屋の中の様子を探ることができるのだ！」

「ここまで聖剣を無駄遣いしてる人、初めて見たッス……」

犯罪では……と口から出かかったが、言ったところでやめる女ではなかった。

ピノが軽やかな身のこなしで、廊下の壁を軽く斬りつける。

その能力が鉱物を伝い、フロア中を駆け巡った。

「あ、いた！」

「やけに手馴れてるけど、普段からやってないッスよね……？」

一つ上のフロアにある角部屋だった。

他の生徒よりも広い部屋をあてがわれているのは、やはり北海道校の第一席といえよう。

ピノは「つーとんとん、つーとんとん」と雰囲気を出しながら、部屋の中の会話を口にする。

「えー、何々……？」

——少年。私に大事なものを差し出してくれないか？

——ら、ラディアータ。それはいけません……。

——識ちゃん、こっちも見て？　わたしだけ仲間外れはズルいわ。

——少年は焦らすのが上手だね。でもそんなに必死だと、興奮してるのがバレバレだよ？

——ラディアータ。お願いします……。

——識ちゃん、そんなのダメよ。それじゃあ、この女の思惑通りじゃない。

——フフッ。私の弟子は従順で可愛いね。さあ、お姉さんにすべてを見せてごらん？

——ラディアータ……っ！

——識ちゃん、識ちゃん！　やだ、そんなの見たくないわ！

——瑠々音さん、安心して待っているといい。少年が堕ちたら、次はきみの番だよ。

そこらへんで、ピノが完全にキャパオーバーを迎えた。

顔を真っ赤にして、ぼしゅうっと沈黙してしまう。

「…………」

「…………」

２人は顔を見合わせて、ハアッとため息をつく。

「これ、思ったよりＳＮＳに投下しちゃダメなやつだね……」

「明日から識くんの顔、まともに見れないッス……」

ゲストルームを、そそくさと退散した。

その日から、少しだけ唯我がよそよそしくなったのは別の話である。

その頃、室内では――。

識とラディアータ、そして瑠々音。

３人がトランプを持って、ババ抜きに興じていた。

識の持つ２枚のカードを選びながら、ラディアータが薄く笑っている。

「フフッ。この中に少年の獣のような熱い情欲が隠れているんだね。まさに心に巣食う天使と悪魔だ」

「ラディアータ・ウィッシュ！　どうしてババ抜きでそんなに卑猥な言葉を使うのかしら!?」

「瑠々姉。この人は普段からこんな感じだよ」

と、識が振り返った。

しかしその先は、ただの部屋の壁である。

「少年？　どうかした？」

「なんだか取り返しのつかない誤解が起こっているような……」

「何を言ってるんだい？　さあ、早くきみの大切なカードを引かせてくれ。それで私は上がれる」

「あ、はい。どうぞ」

「私の計算は完璧だよ。マスコミにだって『あなたトランプ使って闘いそうですよね』と言われたもの……あっ⁉」

ラディアータが珍しく動揺を見せる。

「少年、ずっとフェイク入れてたな⁉」

「何のことやら」

「識ちゃん。可愛い顔してえげつないわ……」

こうして夜は健全に更けていった。

II　ラディアータ・ウィッシュ

Hey boy,
will you be my apprentice?

三校交流会、２日め。
その朝、識は見知らぬ天井を眺めながら目を覚ました。
（……ここはどこだ？）
自室に似ているが、少しだけ違う。
具体的に言うと、壁紙が白じゃなくて薄いベージュだった。
意識がはっきりするうちに、色々と思い出してくる。
（昨日はパーティ会場で、瑠々姉と再会して……）
ハッとして起き上がった。
そういえば瑠々音が自分を北海道校に連れていくと宣言したのだ。
「あれから、何が……んん？」
ふと左手が、何かに引っ張られた。
振り返ると……なぜか左腕を抱きしめるように瑠々音が寝ていたのだ。

ちょっとエッチなネグリジェ姿で！

（本当に何があった⁉）

一気に血の気が引いていく。

割と本気で人生の終了を覚悟したとき……。

「……ンッ」

甘いうめき声と共に、今度は右手が反対側に引っ張られた。

びっくりして振り返り、さらに目を見張る。

右腕を抱きしめるようにラディアータが寝ていたのだ。

ドレスを脱ぎ散らかした下着姿で！

（……あ、なんだ。いつものか）

こっちは割とクールに受け入れた。

何ならちょっと安心して二度寝に入ろうかと思ってしまったくらいだ。

（いやいや。それはよくない……）

しかし強靭な意志で回避した。

メンタルパンチが続き、ようやく意識が覚醒した。

昨日のパーティでの瑠々音の宣言の後。

ラディアータは、その挑戦（？）を受けようと宣言した。

『きみが少年を預けるに値するか──私が試してあげよう』

そしてゲストルームにやってくると……。


おもむろに胸元からトランプを取り出したのだ！


まさか高校生にもなって、あれだけトランプに熱中するとは思わなかった。

瑠々音もこの展開は予測しておらず、完全にペースを狂わされたようだ。

さすがは世界最強の剣星、行動が予測できない。

……というか、あのパーティの間、ずっとドレスに忍ばせていたのだろうか。トランプ。

すべてを思い出した結果……識は寝不足の頭で「どうすればいいんだこれ……」と嘆いた。

(とりあえず部屋を片付けるか……)

顔を洗ってきて、床に散らかったトランプを片付ける。

そこでベッドの瑠々音が、ガバッと目を覚ました。

ぴょんと跳ねた前髪を、慌てて押さえる。

「識ちゃん、これどういう状況かしら？」

「瑠々姉、おはよう。昨日はトランプ楽しかったね」

ネグリジェの肩紐が落ちているのから目を逸らしつつ、識は続けた。

「あと、すぐにベッドから降りたほうがいい」

「え？」

言い終わらないうちに、瑠々音の肩にラディアータの白い腕が伸びる。

そのまま、ガバッとベッドに組み倒された。

「きゃあーっ！　ラディアータ・ウィッシュ！　何をするの!?」

「ラディアータは寝てるときもスキンシップ過剰なんだ」

「スキンシップという問題かしら!?　あ、ちょっと待って、この女、人の弱点を的確に……やんっ！」

「…………」

識は耳を塞ぐと、非常にピンク色な声を聞かないようにしながらキッチンへコーヒーを淹れに向かった。

……で、やっとこさ起きたラディアータは、悪びれずに笑った。

「いやー、ゴメンね。抱き心地のいい身体があったから」

「汚された……絶対に許さない……」

ベッドの上でしくしく泣いている瑠々音を見ないようにしつつ、ラディアータにコーヒーを渡した。

「ラディアータ。今日の授業はいいんですか？」

「む。私は仕事に行かせて、きみだけ瑠々音（るるね）さんとよろしくやるつもり？」

「昨夜、散々ババ抜（ぬ）きして遊んだじゃないですか……」

するとラディアータは、コーヒー片手にツーンとそっぽを向いた。

「少年が私にババ引かせたの、覚えてるからね」

けっこう根に持っている様子だった。

さすが世界最強の剣星（けんせい）、勝負ごとに対しては何事もストイックに取り組むようだ。真面目に勘弁（かんべん）してくれと弟子（でし）は思った。

「俺は江雲（こううん）副会長から案内人（コンシエルジュ）に指名されました。それに今日は聖剣演武（せいけんえんぶ）の講習があるんでしょう？　他の生徒たちも、ラディアータに教えてもらうの楽しみにしてるんですから」

「ふーん？」

ラディアータはにまりと笑った。

識（しき）の肩（かた）を引き寄せると、額にツンとデコピンする。

「そんなこと言って、本妻がいない間に浮気（うわき）相手としっぽり温泉デートするんだろう？　まったく、師匠（ししょう）の悪いところばかり真似（まね）ちゃダメだよ？」

「そ、そういう関係ではないです……」

そもそも悪い自覚があるなら控（ひか）えてほしい識（しき）であった。

ラディアータは冗談（じょうだん）めかして笑うと、手早く着替（きが）えを済ませる。

「それじゃあ、また後でね。今日のレッスンは夜の7時だよ」

「はい」

ラディアータが去ると、ベッドの上の瑠々音が起き上がった。

ふらふらとバスルームに向かい、しばらくしてさっぱりした顔で戻ってくる。

ベッドに腰掛けると、真剣な表情で言った。

「識ちゃん。昨夜でよくわかったわ。あのふしだらな女の元で過ごしても、識ちゃんが堕落してしまうだけよ」

「うーん……」

何か重大な誤解があるような気がする。

だが昨夜の蛮行を見れば、とりあえず否定できる材料は持ち合わせていなかった。

「瑠々姉は、ラディアータのこと嫌いなのか？」

「ええ、嫌いよ。だって識ちゃんのためにならないもの」

「なんで瑠々姉は、俺のことそこまで気にかけてくれるんだ？　その……俺を北海道校に誘ってくれるのは嬉しいけど、そこまでのことをされる心当たりは……」

言い終わらないうちに、瑠々音が両手で識の手を包んだ。

にこりと優しい微笑みを見せる。

「識ちゃんは、わたしの運命の弟くんなの。だから、わたしが守ってあげなくちゃダメなのよ」

「…………」

その表情が、幼い頃の彼女に重なった。

瑠々音は変わっていない。

そのことに安堵しつつ……少しだけ、違和感があるのも事実だった。

識が戸惑っていると、ふと握った手を強く引かれる。

「ということで、午後までわたしに付き合ってくれるかしら」

「え、どこへ？」

「観光よ。わたし、別府は来たことないから楽しみにしてたの♪」

「わ、わかった。俺が知ってるところでよければ……」

パタパタと支度を終えて、識は瑠々音に連れられてゲストルームを出た。

✕✕✕

午後から、三校の合同訓練があった。

識は瑠々音と一緒に、聖剣学園の敷地内にある訓練場にやってきた。

すでに各校の代表たちが準備を済ませている。

観客席には、他のゲストたちの案内人(コンシエルジユ)になっている生徒が集まっていた。

「瑠々姉(るるねえ)。俺も向こうで見学してる。頑張(がんば)って」

「はーい！　お姉ちゃんの活躍(かつやく)、ちゃんと見ててね♪」

非常にピンク色の返事に苦笑(くしよう)しながら、識(しき)は観客席に向かった。

他の案内人(コンシエルジユ)の生徒たちは上級生ばかりだ。

ピノたちは授業を受けているし、誰(だれ)か知り合いは……と探すと、向こうで手招きする女子生徒がいるのに気づく。

副会長の心愛(ここあ)だった。

「江雲(こううん)副会長は見学ですか？」

「わー は怪我(けが)あるし、しゃーなしだ。一応、海外遠征(えんせい)を経験してるやつもいるし、うまくやってくれるだろ。……残念ながら、うちにスターと呼べるやつはいねーけどな」

その視線は、瑠々音(るるね)に向けられている。

やはり同世代からすると、意識してしまう相手なのだろう。

訓練場のほうで、合同訓練が開始された。

まずは各校ごとに集まって、簡単なミーティングを行っている。

「北海道校、整列!!」

鋭(するど)い声を張り上げて、北海道校をまとめているのは……瑠々音(るるね)ではなく、細身の男子生徒であった。

金髪のオールバックで四角い眼鏡をかけており、どこか知的な雰囲気がある。

瑠々音はその後ろに座って、ニコニコ微笑んでいるだけであった。

(あの男子生徒は誰だろう……)

識の疑問を察し、心愛が説明を入れてくれる。

「金科玉条。北海道校の第十席だな。副会長やってるらしい」

「十席、というと、北海道校の10番手ですか。でも聞いたことない名前です」

「あいつはトレーナー志望だよ。いくつも学園生たちの訓練法を立案して、プロのクラブチームからも採用されてるんだとさ。その実績で、第十席になったらしい」

「すごい。まだ在学中なのに……」

そんな会話をしているうちに、各校が集合した。

同時に異変が起こる。

訓練場の入口から、大量の畳が持ち込まれ始めたのだ。

それをステージに敷き詰めると、同時に白い道着を配っていった。

金科玉条という男子が、各校の代表の前でトレーニングメニューを説明する。

それが終わると、一斉に畳の上でストレッチなどを始めた。

「まずは受け身から！　初心者には指導を……」

バタンバタンッと小気味のいい音が響く光景を、識はぽかんとした顔で見つめていた。

隣では心愛がくつくつと笑っている。

「驚いたか？」

「聖剣演武の訓練ではないんですか？」

「もちろん聖剣演武の訓練だ。この合同訓練は各校のトレーニングメニューを共有して、全体の底上げをしましょうって感じだな。今やってるのは、北海道校が去年から取り入れてる柔道のトレーニングだ」

「聖剣演武に、柔道を？」

聖剣士は大体において剣を使って戦う。

素手での戦闘方法を、個々はともかく全体で学ぶというのは珍しい。

「聖剣士といっても、戦い方は千差万別。ぶっちゃけ、普通に剣術を学んでも意味ねー聖剣だって多い」

「そうかもしれませんが……」

識はピノを思い出していた。

滑走靴型の聖剣で、フィギュアスケーターのように闘う聖剣士。

普通の剣の腕前は、この学園でも下から数えたほうが早かったりする。

「うちの別府校では、そういう少数派の特殊なトレーニングは個々に任せてある。そのために個別にコーチと契約してるやつもいる」

「ピノも専属のコーチがいますね」

「だが、北海道校はそれを全体の基本トレーニングとして取り入れている。これまで個々の独創性や努力に左右されがちだったプレイヤーの能力を、聖剣の扱い以外の部分で均一化して、ステータスを底上げした。それが金科玉条の功績だ」

心愛が不敵に笑った。

「金科玉条が柔道を選んでいる理由がわかるか？」

「…………」

識の中で、眼前の北海道校のトレーニングとある情報が繋がった。

その結果……心愛の言いたいことはすぐにわかる。

「スターの気質ということですか……」

「そういうこった。同時にこれは聖剣士として、おまえに足りないものでもある」

「俺に足りないもの……？」

あまり具体的ではないにしろ、なんとなく察する部分はあった。

「それがクリアできれば、俺もこの交流会に参加できますか？」

「バーカ。言うほど簡単じゃねーよ」

「…………」

そんな話をしていると、突然、背後から抱き着かれた。

「識ちゃ～ん！」

「ぐはっ」

瑠々音であった。

いつの間にかステージのほうから姿が消えていた。

「もう、識ちゃん。ずっと心愛ちゃんとお話してて、お姉ちゃん寂しいわ」

「瑠々姉、合同訓練は……？」

「わたしは強いから抜けてきちゃった♪」

「強い瑠々姉と訓練することに意義があるのでは……？」

周囲の上級生たちの奇異の視線が痛すぎるのであった。

瑠々音は『♡』をまき散らしながら、合同訓練の様子を見下ろしている。

「どう？　北海道校にくる気になった？」

「いや、今のところは……」

「どうして？　うちの学園、設備もここより充実してるわよ？　練習相手にだって困らないし、お姉ちゃんと一緒に強くなりましょう？」

「それはこの学園でもできるよ」

蚊帳の外になっていた心愛が、こめかみに『💢』を浮かべて瑠々音に突っかかる。

「瑠々音。わーの前で堂々と引き抜きとは、いい度胸してんじゃねーか」

「いいじゃない。識ちゃんを交流会にも参加させてあげないんでしょう？」

「こいつは普段からラディアータに甘やかされてっからな。厳しいくらいがちょうどいいんだよ」

「識ちゃんの教育方針を決めるのは、お姉ちゃんのわたしなの！」

「いや、どっちでもないですけど……」

ここにラディアータがいたら躊躇なく参戦するんだろうなあ……とか思うと、なぜか切ない気持ちになる識であった。

すると瑠々音が、ぽつりと耳打ちする。

「識ちゃんがやりたいなら、うちの訓練に参加させてあげるわよ？」

「あっ！　おめー、勝手に決めるんじゃねーよ」

「べーっだ。今はわたしの案内人だから好きにしてもいいでしょ？」

「好きにしていいのはベッドの上までだって言っただろ！」

「いいわけないでしょ……」

ついツッコミも弱々しくなってしまう識である。

（でも、高い実績を誇る北海道校の訓練に参加させてもらえるなら……）

識の悪い癖が顔を出した。

つい前のめりになって聞き返す。

「瑠々姉。本当に参加していいの？」

「もちろん大歓迎よ♪」

しかし人差し指を立てて、交換条件を提示してくる。

「その代わり、この三校交流会の間、ラディアータ・ウィッシュのレッスンは受けないって誓えるかしら？」

「な……っ！」

予想外の条件に、識は狼狽えた。

瑠々音はニコニコしながら、識に選択を迫る。

「うふふ。識ちゃんに、ラディアータ・ウィッシュを裏切ることができるかなあ？」

「くっ、なんて極悪な条件を……」

2人の茶番を眺めながら、心愛が呆れたようにつぶやいた。

「いや、ラディアータのレッスン休めばよくね……？」

訓練場の畳を撤去して、聖剣を使用したトレーニングへと移っていく。

合同訓練がスタートして、3時間が経過した頃……。

聖剣演武の演習がスタートした。

瑠々音と心愛が、にまにましながら眼下の光景を見下ろしている。

「さーて。ここからが本番だ」

「うふふ。楽しみねえ」

三校交流会の本番は、最終日の決戦セレモニー。

各校のスポンサーやマスコミを招いての、自校の威信を懸けた三校大決戦。

その緒戦——命運を分ける駆け引きが始まろうとしているのだ。

識も固唾を飲んで見守る中、北海道校の先鋒が歩み出る。

対するは別府校の第三席にいる男子生徒である。

そして、戦闘開始のブザーが鳴った。

×××

午後7時。

識はいつもの教員用の訓練場で、ラディアータのレッスンを受けた。

それが終了すると、日課になっている温泉に浸かり、教員寮の2階に位置するリラクゼーションサロンに向かう。

リラクゼーションサロン……やけに気取った呼び方だが、要はあの温泉にあるマッサージチェアが並んだ光景である。

その一角にジャージ姿の識と、浴衣姿のラディアータがいた。

2人でマッサージチェアに並んで、脚やら何やらをモミモミされている。

「へえ。今日の模擬戦、そんなに偏った結果になったんだ？」

「……はい。驚きました」

昼間の合同訓練。

最後に行われた聖剣演武の演習。

最終日の決戦セレモニーの予行練習のようなものだが……結果としては北海道校の圧勝であった。

この別府校との対戦に関しては、全勝を叩き出している。

別府校のトップ2が不参加ということを鑑みても、この結果は楽観的にはなれない。

なぜなら北海道校もまた、第一席の瑠々音は不参加だったのだから。

ラディアータに驚いた様子はなかった。

おそらくすでに教員の誰かに聞かされていたのだろう。

「では少年、その原因は何だと思う？」

「聖剣の習熟度に関して、大きな差はなかったように思えます。北海道校の上位メンバーと聞きましたが、習熟度に関してはピノのほうが勝るのではないでしょうか」

「うん、ピノさんは聖剣との対話が上手だからね。それじゃあ、真の原因は？」

ラディアータがマッサージチェアのリモコンを操作して、肩をほぐす動きに変えた。

それに合わせて大きなバストが左右に小刻みに揺れるのから視線を逸らし、識は顔を赤くしながら続ける。

「競技におけるアクションの完成度の差だと思います」

「具体的に」

「走・攻・守。北海道校の代表メンバーは、そのすべての動作が洗練されています。聖剣の相性はありつつも、基本的なアクションが鋭いため、他の学園の生徒たちに1テンポ速く対応できるのが大きな強みに感じました」

「うん。私も映像でチェックしたけど、その見解は同じだよ」

「ありがとうございます」

ラディアータが、再びマッサージチェアのリモコンを操作した。

マッサージの動作が大きくなり、それに合わせてバストが大きく弾む。

「あの、ラディアータ。それはわざとやってますよね……？」

「………………」

ラディアータがツーンとそっぽを向いた。

「少年。今日はずっと瑠々音さんと一緒だったそうじゃない」

「瑠々姉がそうしたいと言ったので……」

「師である私に親愛の証がないのはいかがなものかな」

「お土産、渡しましたよね？　地獄温泉まんじゅう……」

「あれは瑠々音さんのお金で買ったものだろ？　あーあ。なんだか2人の絆を穢された気分でショックだよ」

「そんなこと根に持ってるとか、俺のほうがショックですよ……」

識も『元カノのプレゼントを今カノに使うチャラ男』みたいに言われても困ってしまうのであった。

「ラディアータ。交流会が終わったら、街に遊びに行きましょう」

「よろしい」

それでいいんだ……とか思っていると、ラディアータが真面目な顔で続けた。

「北海道校は柔道の訓練を取り入れた。聖剣の能力とは違う部分でステータスを底上げし、同年代の聖剣士に差をつけている。実際、国内の大会でも歴代1位の成績を残しているね」

「はい。でも……あ、いえ」

ラディアータが「言ってごらん？」と目で示したので、識はおずおずと自身の見解を述べる。

「北海道校の生徒たちは……なんとなく兵隊のような印象でした」

「言い得て妙だね。マニュアル化された訓練は効率よく育成できるけど、個性が失われるのも否めない。聖剣演武が興行スポーツである以上、必ずしもメリットであるとは言いづらい。それは北海道校の生徒も自覚しているはずだよ」

ラディアータは「ここからが本番だ」というように、挑戦的な笑みを浮かべる。

「では少年。北海道校の代表メンバーが、そのような訓練をよしとする理由は？」

「瑠々姉というスターの存在です」

識の答えは早かった。

昼間、心愛との会話でも出たことだ。

――春風瑠々音。

その細身からはイメージしづらいが、世界的な柔道家を両親に持つ天才。

ピノと同じように、本来は別の分野で頂きを獲るべく英才教育された逸材。

それが聖剣に恵まれたことで、この聖剣演武の世界に足を踏み入れた。

歌姫と呼ばれて人気を集める傍ら、その堅実な技術が盤石な強さを支えるのだ。

その瑠々音の戦闘スタイルをベースに、いわば量産型を育成するのが第十席・金科玉条の指導プログラムである。

もちろん全員がそれに納得しているわけでもあるまい。

しかし残念ながら、聖剣学園は結果がすべての超実力主義。

金科玉条の指導プログラムを受け入れた生徒たちが、強豪・北海道校のトップを独占しているというのは疑いようのない事実である。

「瑠々姉に憧れる生徒たちは、スターに近づこうと同じ道を志しています。『あんな聖剣士になりたい』という純粋な憧れ……それが今の北海道校の強さの根源だと思います」

「うん、きみも分析力が増しているね。師として、とても誇らしいよ」

ラディアータはマッサージチェアを停止した。

「さて。きみはどうしたい？」

「俺は北海道校の指導プログラムを体験してみたいです。ラディアータとは真逆の指導方法ですけど……だからこそ得るものがあると思います」

「きみはそう言うと思った」

立ち上がり、ぐっと伸びをする。

浴衣に汗ばんだ肢体が浮き上がり、青少年には目に毒であった。

「瑠々音さんに聞いてるよ。三校交流会の間、北海道校の訓練に参加してくるといい」

「いいんですか！」

「もちろんさ。きみが体験したいと思ったなら、成長に必要なものだろうからね」

非常に懐の深い師匠の言葉に、識はホッとした。

あるいは瑠々音がいるからダメと言われるかと思っていたが……いやいや。いくらラディアータといえど、そんなに子どもっぽいことは言うまい。

識もマッサージチェアから立ち上がる。

「ではその間、ラディアータのレッスンは受けられないのでよろしくお願いします」

「え？」

なぜかラディアータが固まった。

首をかしげた拍子に、艶のある白銀の髪がさらりと落ちる。

「なんで？」

「瑠々姉から、そういう条件を出されたので。……ご存じではなかったんですか？」

「…………」

ラディアータがぷ～っと頰を膨らませた。

「なんて薄情なんだ！　きみがそんなやつだとは思わなかったよ！」

「ええっ⁉　ちゃんと許可を取りましたよね？」

「ああ、そうだね。大事なところは伏せてサインだけさせるなんて、あくどい闇金の契約書みたいだ。これが倦怠期ってやつかい？　家庭で待つ献身的な嫁より、会社の派手なオフィスレディのほうが刺激的なのかな！」

「これ、聖剣演武の話でしたよね……？」

ちょっと自信がなくなってしまう識であった。

周囲でマッサージチェアを使っている女子生徒たちの「またやってる〜」「ね〜」みたいな生温かい視線が辛い。

結局、納得はしてもらえたが、温泉街のデートが2回に増えた。

✕✕✕

さて翌日のランチタイムである。

学園の食堂で、識はいつもの3人と昼食を取っていた。

瑠々音の勧めに従い、今日の午後から北海道校の訓練に参加することになる。

そのことを報告すると、ピノがカツ丼のお米を頬につけながら「ほえー」と感心した様子で言った。

「アラヤっち。ほんと、そういうの躊躇ないよなー」

「ピノは参加したいと思わないか？」

「うちは専属コーチがいるし、そもそもスタイルが全然違うからさー。むしろ変な癖がついたら困るっていうか？」

「なるほど。確かに……」

識にとっては貴重な機会だが、他の生徒も同じとは限らない。

おそらく北海道校にも同じような境遇の生徒はいるだろうが、結果として金科玉条の派閥が功績を残しているのだろう。

識は向かい側の席でパスタを突くヘラヘラボーイ、王道唯我に聞いた。

「唯我はどう思う？」

なぜかサッと視線を逸らされた。

「ど、どうしたんだ？」

「いえ、別にッス」

なぜか昨日から、唯我がよそよそしい。

その理由に心当たりはなく、識は首を捻るばかりである。

唯我はずっとパスタをスプーンの上でくるくる回しながら、先ほどの問いに答える。

「ヤリチ……じゃなかった。識くんが参加したいなら、いいと思うッスよ。識くん、色んな人のスタイル吸収するの上手いさあ」

「今、なんて言おうとした⁉」

「英雄色を好むっていうし、オレくんはいいと思うッス……」

「何か変な誤解がある気がするんだが……」

ピノもしらーっと視線を逸らすし、絶対に何かあると思うのだが……。

と、識がモヤっていると、今度は天涯比隣が声を上げる。

「てか、バカヤシキ。北海道校にスカウトされたって言ったろ？　それはどうすんだよ？」

どうやら一昨日の懇親パーティでの一件のことを言っているらしい。

「ああ、それは断るつもりだが……」

「てめえ、訓練に参加してあっちのほうがいいとか言い出すんじゃねえだろうな！　勝ち逃げなんぞ許さねえからな!!」

「いや、だから断るつもりだって……」

ピノと唯我がうなずき合いながら「素直じゃないね」「ないッスね」とほのぼのしている。

「じゃあ、比隣も一緒に行くか？」

「……行かねえよ。オレ様は自分のノルマがあるからな」

そう言うと立ち上がって、識にビシッと指をさす。

「せいぜい、北海道校の技術でも盗んできやがれ。次の中間考査では、オレ様がその小細工ごとぶった斬ってやる」

「……わかった。楽しみにしてる」

比隣は他の2人に「ストレッチしてくる」と言い残して、さっさと訓練場のほうへと行ってしまった。

「比隣も真面目になったなあ」

「一学期、アラヤっちに負けっぱだったからなー。やっとプライド捨てた感じだよねー」

「いや、ピノもけっこう容赦なかったろ」

「うちは中間考査でボコっただけですー。唯我っちだって一発かましてたじゃーん」

「ハハ。オレくんに飛び火させるのやめてくんねぇッスか」

その比隣に遅れて、ピノと唯我も食事を終えて立ち上がった。

去り際、ピノがビシッと敬礼ピースを決める。

「それじゃあ、お土産話よろしく！」

「？　ああ、なんかピノに役立つことがあったら覚えとくよ」

「そうじゃなくて、恋の場外乱闘のほうね！」

「恋の場外乱闘……？」

なぜか唯我が顔を赤くしながら「早く行くッス」とピノを引きずって行ってしまった。

残された識はうーんと唸った。

「……恋の場外乱闘」

ピノとは一度、ちゃんと話し合わなければならないと思った。

やがて自身も食事を終えると、瑠々音に言われた場所へと向かう。

この聖剣学園第三高等学校——縮めて聖三には、十カ所以上の訓練場が点在する。

三校交流会の間、各校の代表チームにはそれぞれ一カ所ずつが割り当てられているのだ。

北海道校に割り当てられた訓練場に到着すると、識は中に入っていった。

（えーっと。瑠々姉は……）

と、その前に北海道校の生徒たちに出くわした。

一瞬、識を訝しむように見て……。

「あ、うちの訓練に参加する別府校の人？」

「『ＲｕＲｕ』さんから聞いてるよ」

案外、笑顔で受け入れられた。

ミーティングルームに連れて行かれると、北海道校のメンバーが勢ぞろいしていた。

識は頭を下げながら、持参した菊家のあんバタまんを差し出す。

「別府校1年、阿頼耶です。よろしくお願いします」

みんな自分よりも上級生になるが……と、普段から図太い識にしては珍しく緊張していたが、

それは杞憂に終わった。

「ようこそ、北海道校へ」

「きみが阿頼耶識くんか。『ＲｕＲｕ』さんの幼馴染とは、羨ましいなあ」

「わざわざお土産、ありがとねー」

なんか囲まれてしまった。

男女問わず、なぜかぺたぺたと識の頰を撫でていく。

その変な儀式のようなものに、識は首をかしげた。

「あの、これは……？」

「いやあ、ご利益ありそうな顔してるなあと思ってさ」

「なんか可愛いよねえ」

「あ、白い恋人食べる？」

「レモンのハチミツ漬けもあるよー」

完全に孫が遊びにきたノリであった。

この妙なアットホーム感は……と考えて、ふと納得する。

昨日までの情報によれば、このメンバーは瑠々音のファンという共通項目を持つ。

そのため他の学園の上位メンバーよりも、近いシンパシーを持つ聖剣士が集まっているのだろう。

（なんか普通のチームスポーツみたいな一体感があるな……）

それがやはり識たち別府校とは違っており、同時に強さの秘訣でもあるのだろう。

識が存分に撫で回されていると、ミーティングルームのドアが開いた。

北海道校の第十席兼トレーナーである男子生徒――金科玉条である。

オールバックの金髪に、四角い眼鏡の奥から鋭い眼光を覗かせていた。

ノートパソコンを腕に抱え、眼鏡をクイッと持ち上げる。

「貴様が阿頼耶識か」

「は、はい。よろしくお願いします」

冷たい声音であった。

どこか静かな怒りを湛えているようにも思える。

（な、何か失礼なことしたか？　ラディアータの勧めで手土産も持ってきたけど……）

眼前に立ち、じろりと睨んでくる。

識よりも細身だが、やや背が高く威圧感があった。

「貴様、我が北海道校に転入希望らしいな？」

「え。いや、それはお断りしましたが……」

しん、とミーティングルームが静まり返った。

金科玉条はフウッと息をつく。

「我が北海道校に転入を希望するということだが」

「強引にそういうことにした……」

識のツッコミにも負けず、金科玉条はコホンと咳をした。

「ええい、うるさいやつだ！　とにかく、貴様みたいなやつをボクは認めない。理由はわかるな？」

「な、なぜですか？」

フッと小馬鹿にするように笑った。

当然のように、自信満々に声を張り上げる。

「『ＲｕＲｕ』様の真の弟となるのはこのボクだ！　ポッと出の貴様に、その名誉ある地位を譲るわけにはいかない!!」

「何を言ってるか理解したくありません……」

昨日の合同訓練のときに感じたクールな印象は瓦解した。

なんで聖剣士って変な人が多いんだろう……みたいな疑問が頭を過ったが、そもそも識の愛する師匠からアレなので、もう考えまいと胸の内に仕舞い込む。

金科玉条は天を仰ぎながら、なぜか涙を流していた。

「ボクはかつて、己の才能に奢っていた。聖剣演武を極めるために生まれたという自負でもって、北海道校の門を叩いたのだ。しかし世界の壁は高かった。地元では一番を誇ったボクも、世界ではちっぽけなものだった。才能だけではどうにもならない壁に……」

唐突に始まった自分語りに、識はものすごく困惑した。

助けを求めて周囲に視線を向けるが、なんか「うちの参謀はコレがあるからなあ」「まあ聞いてやってよー」みたいな優しい雰囲気で封殺される。

その間も、金科玉条の語りは熱くなっていった。

「絶望の淵に舞い降りた天使、それが『ＲｕＲｕ』様！　美しい歌声でボクの心を癒し、同時に強さを極めるための英知を授けてくださったのだ！　その神々しいお姿に、この人に仕えるために生まれたのだと悟……いや、弟になるべくして生まれたのだと天啓を授かった！」

そのとき識は察した。

（この人、ピノと同じタイプか――……）

マニアを通り越して弟になりたいというのが今の推し活の最前線であろうか。ピノへの嫌な土産話が手に入った。

識としては真の弟を競り合う気はさらさらないので、単純にこの後の訓練が気になる。

「あの、それで俺はどうすれば……？」

そもそも北海道校の訓練は、この金科玉条が仕切っているのだ。

まさか認めないとか言われてしまえば、識は困ってしまう。

すると金科玉条、思わせぶりな態度でにやりと笑った。

「ボクは元来、向上心のあるやつは好きだ。育てがいがあるからな。だが、それは本気のやつに限る。北海道校でも、訓練についてこれずに脱落していった生徒も多い。ましてや昨日、別府校はボクたちに手も足も出なかった。……となれば条件はわかるな？」

――ピリッと、空気が引き締まった。

先ほどまでの柔らかい雰囲気は鳴りを潜め、張り詰めた緊張感が漂う。

「まずは貴様の力を見せてもらおう。いくら我が女神の推薦とはいえ、力なき者を迎えるほどボクたちは酔狂でやっていない」

「……相手は？」

識は視線だけで、周囲の生徒たちを見回した。

ここには北海道校の上位メンバーが揃っている。

聖剣演武を特集する雑誌などに載っている顔もあった。

この小さなミーティングルームが、日本の学生リーグの最前線なのは間違いない。

……が、手を挙げたのは意外な人物であった。

「相手は、ボクがしよう」

金科玉条が眼鏡を持ち上げながら、薄く笑った。

×××

北海道校・第十席――3年『金科玉条』

VS

別府校1年――『阿頼耶識』

模擬戦ルール。

10本先取、延長なし。

相手のトレーニングスーツの胸にある結晶を砕いたほうに得点。

ポイントが入れば、3分以内に定位置に戻って再開。


識がステージ脇でトレーニングスーツに着替えていると、北海道校の男子がヘルメットのようなものを差し出してきた。

薄くて軽いが、非常に丈夫である。

このトレーニングスーツと同じ素材でできているらしい。

「これは？」

「うちが練習で使うヘッドギアだよ。ほら、模擬戦のステージは畳じゃないだろう？」

なるほど、と受け取った。

確かに柔道の動作を取り入れた北海道校とやるなら、必要なものだろう。

「金科先輩は、トレーナー志望だと聞きましたが」

「そうだ。おれらの訓練をすべて仕切ってる」

「普段、大会などには出ていらっしゃらないんですよね？」

「まあな。きみはあのラディアータに師事してるんだろう？　それなら楽勝かもな」

「いえ……」

カラカラと笑う男子の言葉を、識は真剣な顔で否定した。

「日本の聖剣学園で最強を誇る北海道校上位メンバーが、頭でっかちのトレーナーに従っているとは思えません」

「……ほう？」

ヘッドギアを装着すると、識はステージに歩み出る。

対する金科玉条は、すでに聖剣を顕現していた。

細身のレイピアのような聖剣である。

聖剣と聞いてイメージするなら、非常にベーシックな形状といえるかもしれない。

「貴様の聖剣を見せてみろ」

「…………」

識は腰に手を当て、素早く上下に振った。

銃士が相棒を抜くような動作の後——そこに重厚な日本刀が顕現する。

「思ったより、サマになっているではないか」

「ありがとうございます」

北海道校の生徒が、タイマーを押した。

『それでは模擬戦——始め！』

ブザーが鳴った瞬間、識は金科玉条へと突撃した。

得意とする先手必勝の一撃。

瞬く間に距離を詰めると、入学時よりもさらにキレの増した一撃を叩き込む。

金科玉条は反応できないまま、胸の結晶を砕かれるはずだった。


――が、瞬きの後。

なぜか識は天井を見上げていた。


背中に鈍い痛みが走る。

自分が組み倒されたのだと気づいたときには、すでに金科玉条の聖剣が視界に煌めいた。

識の胸にある結晶が、あっさりと砕かれる。

思い描いた未来と、真逆の結果だ。

識のスーツの襟元を掴む金科玉条が、フッと嘲笑した。

「ラディアータ・ウィッシュの弟子……拍子抜けだな」

識は立ち上がると、聖剣〝無明〟を鞘に戻した。

何となく察していたことを口にする。

「……やっぱり、この中で一番強いのは貴方ですね」
金科玉条は返事の代わりに、にやりと不敵に笑った。

定位置に戻り、競技再開のブザーが鳴った。

今度は識、抜刀の構えのまま様子を見る。
金科玉条も動かず、こちらの出方を窺っているようだ。
レイピア型の聖剣を右手に持ち、身体を斜めにし、左腕を見せない体勢。
その待ちの構えに、識は目を細める。
（1ターンめもそうだったし、カウンター型の聖剣士なのか？）
先ほどのやり取りを、脳内で再現してみた。
識の突撃は、この学園でもトップクラスの瞬間攻撃力を持つ。
それが初見でいなされ、逆に組み伏せられてしまった。
聖剣演武は興行スポーツ。
大会などでの露出が多いプレイヤーほど、手の内を研究されるが……。
（いや、それはないだろうな）
この学園に入学してから半年が経過しているが……識は校外での大会出場はない。

研究されるほどのデータはないはず。

となれば、単純に見切られた、ということになる。

（おそらく金科先輩は、北海道校の実質的なナンバー2。やっぱり伊達じゃないな）

その上、トレーナーとして培った経験も生きている。

プレイヤーとして鍛錬する生徒よりも、客観的に聖剣士を観察する機会は多いはず。

識の直線的な動きなら、初見でも捉えられるのだろう。

――と、ここまでは識の突撃に合わせられた理由。

次に問題なのは、どうやって識の攻撃をいなし、カウンターで組み伏せたのか。

直感的なものだが、識はこう推測した。

（……おそらく聖剣の能力ではないな）

レイピア型の聖剣の匂いを感じなかった。

それは聖剣攻撃特有の気持ち悪さ、とでもいえばいいのか。

聖剣の攻撃は、ある種の不条理というか、いわば理屈を超越した魔法じみたものが多い。

比隣の雷撃。

ピノの鉱物操作。

ラディアータの飛剣。

だが少なくとも金科玉条のカウンターは、人間業の範疇にある。

(俺の想像通りか、確かめてみよう……)

識は鞘から、聖剣〝無明〟を抜いた。

そして1ターンめと同じように、まっすぐに突撃する。

相手を油断させるために、多少のフェイントを入れているが……。

「まったく小賢しいな！」

金科玉条はフェイントの餌に掛かった。

おそらく識が、突撃でのフィニッシュを狙ったものと読んだらしい。

自身の思惑が成功した識は、金科玉条と接触する寸前に脚に力を込める。

そして大きく跳躍した。

身体を捻って、空中で回転する。

陸上競技の走高跳のようなアクションで、金科玉条を飛び越えたのだ。

同時に聖剣〝無明〟の覚醒『無限抜刀』を発現。

空中で鞘走りの火花を散らせながら、こちらに振り返った金科玉条の胸に遠隔斬撃を叩き込んだ。

攻撃が命中し、金科玉条の結晶が砕け散る。

「はあっ!?」

思わず声を上げたのは金科玉条。

観客席の北海道校の面々も、ぶはっと噴き出していた。

「なんだ今の！」

「やべえ！　参謀、1年にあっさり一本返されてんじゃん！」

わいわいと観客席が盛り上がる。

金科玉条がぐぬぬと悔しそうに歯を食いしばった。

「貴様、野生の獣か！」

「なんか最近、同級生の女子がこういう攻撃をやるので見よう見まねで……」

「別府校では猿でも飼ってるのか⁉」

「あの、だから一応、女子なので……」

決して否定はしきれない識である。

それはそれとして。

今の一戦、識にとっては勝敗以上の意味があった。

（とにかく見えた）

やられたと感じないほど精度の高いカウンター。

種を明かせば単純なものであった。

やはり聖剣の能力ではなく、純粋な技術。

柔道の『出足払い』である。

攻めてきた相手の前足が地面に着く瞬間――全体重の乗った前足を払い、バランスを崩したところを横向きに倒す足払い技の一種。

どんなに速い相手でも、狙うべき脚がある。

先ほどの識のように一直線に突撃する相手、金科玉条なら簡単にタイミングを合わせることが可能であろう。

こちらの推進力を見事に利用されたというわけだ。

たった二度の打ち合いで、識は悟った。

金科玉条……その細い鋼のような肉体に、凄まじい技術を有している。

その識に対して、金科玉条。

唐突に眼鏡を外すと、それをステージ脇の生徒に渡した。

代わりに受け取ったのは、スポーツ用のゴーグル。

それをしっかりと固定すると、さらにトレーニングスーツの上着をぎゅっと引き絞った。

ぴっちりとしたシルエットになり、レイピア型の聖剣を鋭く振る。

「貴様に防御は愚策、ということはわかった」

そう言って、静かに聖剣を構えた。

「こちらも本気を見せよう」

競技再開のブザーが鳴った。

同時に、今度は金科玉条がまっすぐ走り込んでくる。

カウンター狙いと予測していた識は、その奇襲にテンポをずらされる。

（速いっ！）

金科玉条の聖剣は、常に抜身のもの。

鞘に納めた日本刀と比べ、初動の柔軟性に勝る。

その利を活かし、最速で一撃を仕掛けてきた。

美しい剣筋で、縦に振り下ろす。

識はとっさに聖剣〝無明〟を抜き、それを受けようとした。

「愚策！」

金科玉条が叫んだ。


――同時に、識の身体が斬り裂かれた。


「……っ⁉」

識はとっさに、自分の身体を触った。

しかし当然ながら、身体は繋がっている。

金科玉条の攻撃の瞬間――なぜか自分の身体が真っ二つにされたように錯覚したのだ。

（いや、本当に錯覚だったのか？）

その証拠に……なぜか識の結晶が粉々に砕かれていた。

おかしい。

確かに自分は、金科玉条の剣を防いだ。

それなのに衝撃は一切なく、結晶だけが見事に砕かれていた。

このトレーニングスーツは聖剣攻撃を無効化するものだが……それでも攻撃の感触もないのは不自然だった。

（この気持ち悪さは……）

同時に識は察した。

この不条理ともいえる魔法じみた現象。

表現するならば——。

「その聖剣、物体をすり抜けるんですね……」

一撃で見抜いた識に、金科玉条は「ほう？」と驚いたように目を見開いた。

レイピア型の聖剣を振り上げると、得意げに前髪をかき上げる。

「その通り。それが我が聖剣〝絶〟の能力！」

——聖剣〝絶〟。

金科玉条が持つレイピア型の聖剣。

能力は『斬撃透過』。

あらゆる物質に剣身を通過させ、目標のみにダメージを与えることが可能。

それを使って識の聖剣〝無明〟や身体をすり抜け、結晶のみを砕いて見せたのだ。


相手の一切の防御を無効化する、攻撃特化の聖剣。

（これは強いな……）

定位置につき、競技が再開する。

ブザーが鳴った瞬間、識は先手必勝とばかりに聖剣〝無明〟を抜刀する。

鞘走りによって加速した刀身が、不可視の遠隔斬撃を放った。

——が、それは金科玉条の腕によって防がれる。

聖剣〝無明〟の弱点。

障害物を挟まれると、斬撃を目標へ届かせることができない。

以前はピノによって石壁を挟まれたが、こうやってシンプルに腕で防御することも可能である。

トレーニングスーツが聖剣の攻撃を無効化する特性を利用した防御方法だが……さすがに衝撃までは殺せずに、金科玉条の身体が後ろに弾かれた。

（もらった！）

腕を開いた先に、結晶が丸見えである。

識はそれを狙って、回転から二発めの遠隔斬撃を放った。

それは危なげなく命中し、結晶を砕く。

スコアは２―２の同点。

北海道校の面々も、自分たちが信頼を置くナンバー２と別府校の一年が互角にやり合うのに驚いていた。

金科玉条が舌打ちする。

「斬撃を飛ばす中距離型の聖剣か……厄介だが、懐に飛び込みさえすれば……」

それに対して識。

（いかに金科先輩を近づけさせないか、が勝機だが……）

そこまで考えて、ふうっと息をつく。

ゆっくりと聖剣〝無明〟を抜刀すると、それを中段に構える。

自分の基礎である東洋剣術の構えであった。

競技再開のブザーを待つ。

識の意図を察したのは金科玉条。

にやりと笑うと、自身の結晶の前に置いた腕を下げる。

「ほう。こちらの土俵での戦闘を望むか」
「金科先輩。胸をお借りします」
ブザーが鳴った。
同時に、中央へと距離を詰める。
至近距離の間合い。
先に仕掛けたのは識であった。
相手の防御を崩す小手打ちから、空いた胸への突きを放つ。
――が、同時に真横から、金科玉条の聖剣の刃が迫っていた。
とっさに腕でガードするが、それは聖剣〝絶〟の『斬撃透過』ですり抜ける。
先に結晶を砕いたのは、金科玉条であった。
2―3。
金科玉条のリード。
再び定位置に戻り、競技再開を待つ。
（あの聖剣〝絶〟の強みは……常に最短距離で相手の結晶を狙えることだな）
こちらは防御を崩す必要があるので、最短で二手が必要となる。
それを金科玉条は、一手に短縮できるのだ。
（これに勝つには、やはり中距離から遠隔斬撃で防御を崩すことだが……）

識は刀身を鞘に戻さずに、再び中段で構えた。
あくまで近距離戦を望む形である。
(ここにきたのは、北海道校の戦い方を学ぶためだ)
ブザーが鳴って、再びステージ中央で対峙する。
(金科先輩の防御を崩してたら遅れる……なら、崩さずに隙間を狙う!)
識は横に回り込む。
脇から覗く結晶を狙うために、突きを放とうとした瞬間——。
「それも愚策だ!」
「……っ⁉」
金科玉条の左腕が、識の襟元を摑んだ。
脚を払われて、転倒させられる。
「ぐはっ⁉」
動きが止まった瞬間、聖剣〝絶〟によって結晶を砕かれた。
これで2―4。
相手の土俵での戦闘とはいえ、離される一方である。
識は定位置に戻りながら、攻略法を模索した。
(金科先輩は、聖剣と戦闘技術のシナジーが凄まじく高い……)

相手の物理防御を無効化する『斬撃透過』。

それと相性のいい柔道の体術。

これほど近接戦闘を極めている聖剣士は、日本でもプロを含め数えるほどしかいないはず。

(北海道校のナンバー2の実力……想像以上だ)

あるいは単純な近接戦闘なら、この別府校の第一席と遜色ないと思われた。

それほどの聖剣士と、真っ向からやり合うには……。

(……ん？)

ふと識は気づいた。

「……試してみるか」

競技再開のブザーが鳴った。

ステージ中央でぶつかる。

識は聖剣〝無明〟を右手のみに持ち変えた。

左手で鞘を引き抜くと、唐突に二刀流の構えになる。

金科玉条はそれを悪あがきだと判断して笑った。

「まさに愚策！　鞘で防御しても意味はないぞ！」

聖剣〝絶〟で真横から薙ぎ払う。

それに対して識。

左手の鞘で、聖剣〝絶〟を持つ右手を叩いた。

「ぐあっ！」

今度は金科玉条が怯む番であった。

自身の攻撃が防がれたことを悟ると、瞬時に柔道の崩しに切り替える。

識の襟元を掴もうと腕を伸ばすが――。

「金科先輩！　一手、遅いです！」

この形になることは、識が想定していたもの。

鋭い突きが、金科玉条の左胸に突き立てられていた。

金科玉条の結晶が砕かれる。


スコアは3―4。

完全に狙いを通された金科玉条が、競技用のゴーグルを外す。

「ボクの聖剣の弱点……これほど早く対応するとはな……」

聖剣〝絶〟の能力は『斬撃透過』。

あらゆる物理防御をすり抜ける……が、それはあくまで剣身のみである。

金科玉条自身に攻撃を当てることは当然、可能であった。

そして何よりも――。

（金科先輩の剣は、正確すぎる）

相手を読み切る鋭い眼力と、高い技術力を誇る体術。

聖剣〝絶〟の『斬撃透過』により、その剣筋はどんなアクシデントもあり得ない。

裏を返せば、剣の軌道が読みやすいという弱点にも繋がるのだ。

識は手応えを感じた。

相手の剣は、こちらの鞘で防ぐ。

左手による柔道の崩しは、刀を持つこちらのほうが圧倒的にリーチで勝るのだ。

(よし、この形で押し切る……あれ？)

しかし金科玉条は定位置に戻らず、聖剣〝絶〟すらも収めてしまった。

何かトラブルかと思って駆け寄るが、怪我の類ではなさそうだ。

「終わりだ」

「な、なぜですか？」

「貴様がボクに勝つことが目的ではなかったように、ボクの目的も勝つことではない。貴様が北海道校の訓練についてこれるか判断する力試しだ」

金科玉条は競技用のゴーグルを仲間に預け、普段使いの眼鏡をかける。

「何よりボクの聖剣は、弱点に対応されると脆い。貴様の鞘での防御がまぐれでなかったというなら、この闘いの結果は見えている」

すると金科玉条は、唐突にバッと両腕を広げた。

そして楽しげに声を張り上げる。

「いいだろう！　このボクが、貴様を育ててやる！　三校交流会の間、北海道校の訓練に参加するといい！」

「あ、ありがとうございます！」

認められたことに、識は顔を輝かせる。

金科玉条がパチンと指を鳴らすと、北海道校の代表メンバーも集まってきた。

「いやー、いい勝負だったよ！」

「てか、昨日の別府校の代表より強かったんじゃない？」

「きみ最終日の決戦セレモニー出ないの？」

「むしろ北海道校で出ようよ！　一枠、開けてあげるから！」

わいわい騒ぎながらもみくちゃにされていると……ふと識は違和感を覚える。

どさくさに紛れて、なぜかトレーニングスーツを脱がされた。

頭に『？？？』を浮かべていると、手慣れた様子で別の服を着せてくれる。

あ、汚れてたから着替えさせようと……いや待て、それでもおかしい。

なんかテンパっているうちに着替えが完了し、北海道校のメンバーが離れた。

識は『I　LOVE　RuRu♡』とデカデカと描かれた黄色いTシャツを着せられてい

た！

識は裾を引っ張りながら、呆然と聞いた。

「……あの、これは？」

途端、北海道校の全員がトレーニングスーツの上着を脱ぎ去った。

識とお揃いのＴシャツで統一したメンバーが、どや顔でペンライトや推し団扇を持ってポーズを取っている。

そして同じように黄色い推しＴシャツに変身した金科玉条が、眼鏡をくいっとしながら叫んだ。

「これから貴様の名は、会員ナンバー『２２７８』だ！　共に一流の『ＲｕＲｕ下僕』となろうではないか‼」

「いえ、それは結構です……」

「即答⁉　即答だと⁉　四桁番号では不満だというのか⁉　ならば三桁なら……まさか二桁が欲しいというわけじゃあないだろうな⁉」

「二桁でも一桁でも遠慮します……」

識は「そういえばこのメンバー、全員が瑠々姉の大ファンだったなあ」と今更ながらに思い出した。

どうやら北海道校がファンクラブの運営を行っているらしい。

周囲のメンバーも、目をキラキラさせながら迫ってくる。

「大丈夫！　恥ずかしいのは最初だけだ！」

「絶対に楽しいから！　一緒にやろう！」

「きみ、素質あるよ！　だって『ＲｕＲｕ』様が見込んだ男だもん！」

もはや狼の巣穴に飛び込んだ兎であった。

識がどん引きしていると、なぜか急に照明が落ちる。


――訓練場のスピーカーから大音量のポップミュージックが流れ出した！


ハッとして振り返ると、上段の観客席にスポットライトが当たる。

そこにいたのは、聖剣演武の衣装を着る瑠々音であった。

バッと右腕を上げると、こちらに向かってマイクで呼びかける。

『みんな！　今日も練習、頑張ってるーっ？』

瑠々音の登場により、北海道校のメンバーが歓声を上げる。

識がぽかんとしていると、瑠々音がウィンクを飛ばしてきた。

『お姉ちゃんが美しすぎて、識ちゃんは声も出ないかな～？』

「いや、瑠々姉にドン引きしてるだけ……」

『そんな識ちゃんに、お姉ちゃんのラヴを届けちゃうぞ♡』

「聞いてない……」

隣の北海道校の女子が「これ振って！」と推し団扇を手渡してきた。

可愛らしい丸文字で『お姉ちゃんになって！』と描かれている。

「…………」

なぜか即興ライブが始まった。

音楽に合わせて観客席で歌う瑠々音。

それに盛り上がる北海道校のメンバーたち。

訓練場の音楽を聞きつけた別府校の生徒たちも、わらわらと集まってきた。

瞬く間に満員御礼となった訓練場で瑠々音が未配信の新譜とか披露しちゃうもんだから、その様子はＳＮＳにも投下されてえらい騒ぎである。

そして小一時間ほど歌った瑠々音は、最後に聖剣士としてのアピールも忘れない。

『最終日のセレモニーでは、わたしも闘うから観にきてねっ！』

わあっと盛り上がる観客たち。

ライバル校のスターを応援してどうすんねんみたいな野暮なツッコミをする者は、誰一人としていない。

識はステージの真ん中で、うーんと唸っていた。

(俺には理解できないけど、これも間違いなくスターの気質なんだよな……)

とか、のんきに思っていると……。

なぜか自分にスポットライトが当てられた。

「……っ⁉」

周囲の北海道校のメンバーが、空気を読んで距離を取る。

完全に目立ってしまっている識は、何事かとテンパっていた。

『識ちゃん、うちのメンバーに認めてもらえておめでとう！　どう？　すごくいい学校だよね？』

「う、うん。それは間違いないけど……」

『お姉ちゃんも気に入ってくれて嬉しいな。それじゃあ……』

識に右手を伸ばして、キャーッと黄色い声を上げた。

『わたしの弟くんになって、一緒に北海道校で世界を目指しちゃおうっ！』

どよっと周囲の……主に別府校の面子がどよめいた。

小さく「え、あいつが？」「なんで『ＲｕＲｕ』に？」「ラディアータはどうしたの？」みたいな声が聞こえる。
北海道校のメンバーはすでにウェルカム状態でペンライトを振っていた。
なぜか完全に孤立無援の状態で、識は言った。
「いや、俺はラディアータと頂きを目指すから」
周囲が「「……っ⁉」」みたいな驚愕に染まった。
この空気の中で、よくもまあ断れるものだという驚きだ。
それに対し、観客席の瑠々音。
ぶわっと涙を浮かべて、両手で顔を覆ってしまった。
『なんでっ！　お姉ちゃんじゃダメなの？』
完全にウソ泣きではあるが、周囲のファンたちは盛り上がっている。
さっきから識は、生徒たちにポイポイと靴を投げつけられていた。
（これ、どうやって逃げれば……）
識が冷めた目で見ていると、第三者の鋭い声が騒音を切り裂いた。
「話は聞かせてもらった！」
……なんかこの前も、こんなことあったような。

周囲の生徒たちと一緒に訓練場の入口に視線を向けると、そこには声の主がいた。

ラディアータである。

彼女はコツコツとお洒落なステッキを突きながら、識の元へと歩み寄る。

識の顎を撫でながら、イケメンスマイルを浮かべた。

「少年、見ていたよ。あんな絶体絶命な状況にもかかわらず、必死に私への愛を貫いてくれるなんて……すごく感動した」

「そんな劇的なシーンでしたっけ？」

「フフッ。照れちゃって、私の弟子は可愛いな」

「ラディアータ。なんか脳内補完が起こってませんか？」

ものすごい茶番の波動を感じる……と1人で切なくなっているると、ラディアータが観客席の瑠々音を見上げて挑発する。

「ゴメンね？　うちの弟子、すごく一途だからさ」

『〜〜〜〜っ！』

瑠々音が顔を真っ赤にした。

突然、左手の手袋を外し、ぽーいと放り投げた。

それが足元に落ちると、慌ててファンクラブのメンバーが持ってくる。

識がその意味を理解しかねていると、ラディアータはフッと楽しげに笑った。

「……へえ。面白いね」

そう言って、手袋を手にした。

観客席の瑠々音は、ビシッと彼女を指さして宣言する。


『識ちゃんを懸けて、決闘よ！』


周囲の生徒たちが、どわあああっと歓声を上げた。

渦中であるはずの識はようやく、謎の手袋投げモーションの意味を察した。……察したはいいが、もはや何も手を打つことができない状況に、ちょっとだけ泣いた。

(俺は、北海道校の訓練を体験しに来ただけなのに……)

心の中で嘆いても、誰も助けてはくれなかった。

✕✕✕

その翌日、昼頃の教員寮ラウンジ。

前日と同じように、識は3人組と一緒に昼食を取っていた。

ピノがすごく嬉しそうにSNSを見せてくる。

「すっごい話題になってんだけどーっ！　アラヤっち、持ちすぎでしょーっ！」

「………」

瑠々音の決闘宣言……その話題は学園内だけに留まらなかった。

誰かがSNSに投下したのを皮切りに……いや、おそらく目の前の女に違いはないのだが、とにかく一晩でネットニュースに取り上げられるまでになっている。

わざわざランチを食堂ではなく、教員寮ラウンジで取っているのはそのためだった。

ピノは「うはー。フォロワーめっちゃ増えてる！」とほくほく顔であった。

「んふふー。今日、これから地元テレビ局の取材がくるんだー。いやー、うち、お洒落してかなきゃなー♪」

「もはや犯行を隠そうともしない……」

「あ、ネット経由でも何カ所か取材きてるし、明日の朝にはテレビニュースに流れてるんじゃないかなー？」

「なんてことを……」

ユダはここにいた。

今すぐ罰すべきだ……と識が真面目に考えていると、今度は比隣が機嫌悪そうにテーブルを蹴った。

「てか、なんでラディアータは決闘なんぞ受けてんだ？　ぶっちゃけメリットないだろ？」

「それは俺も思った。理由は教えてくれなかったけど……」

あの後、ラディアータは「準備があるから」とか言って消えてしまった。

残された識は、普通に北海道校の面々と訓練した。

比隣の疑問には、オレンジジュースを飲んでいた唯我が答える。

「んー。たぶん、学園の都合じゃないッスか？」

「どういうことだ？」

「単純に話題作りッスよ。識くんは最終日の決戦セレモニー……経済効果がどんだけあるか知ってるッスか？」

「いや……」

「オレくんも、役員やってる親父から軽く聞いただけッスけど……」

唯我がスマホで電卓を叩いた。

それを3人に見せると……識たちの顔が青ざめる。

「す、すごいな……」

「世界的スポーツの専門学校ってのは伊達じゃないね……」

「金の亡者かよ……」

そもそも興行スポーツである以上は、このように利益が絡むのはしょうがなかった。

そこら辺の事情を幼い頃から知っている唯我は、したり顔である。

「観光客が増えれば、地元も潤うッスからねえ。オレくんたちが街で遊ぶときも学生割が利いたりするし、こういう部分で還元するのは当然さあ」

「なるほど。スポーツは地元との関係も大事だって聞くしな……」

ピノが腕を組んで、ほーっと納得したように唸った。

「でも、ラディ様らしくないよなー？」

「何か気になるのか？」

「だってそれだと、個人の仕事じゃん？　わざわざアラヤっちの転入まで賭けるなんておかしくない？」

「ああ、それは確かに……」

ラディアータは奔放ではあるが、特別講師としての仕事で識を煩わせるのを好まない。

そういう意味では、事前通告なしにあのような条件を飲むとは思えなかった。

比隣がつまらなそうに言い捨てた。

「それも含めてパフォーマンスじゃねえのか？」

「まあ、その可能性もあるけど……」

より刺激的なバトルを演出するなら、賭けるものがあったほうが盛り上がるが……。

そこで識のスマホが鳴った。

見れば、話題のラディアータである。

「俺はもう行くよ」

「じゃあ、うちらも教室に戻ろっか？」

３人と別れ、識はラディアータの執務室……この教員寮の最上階の一室へ向かう。

ドアをノックすると、すぐに返事があった。

『どうぞ』

「失礼します」

清潔感はあるが、どうにも広すぎて持て余し気味な部屋であった。

生活能力皆無のラディアータであるが、ここは日に一回、清掃スタッフが入るのでギリギリ人間としての尊厳を保っている。

そのラディアータは、執務机に両肘をついて待ち構えていた。

副会長の心愛もこんな体勢を取っていたし、この学園の強い女性はこのスタイルが好きなのだろうか……と識は余計なことを考える。

「少年。急に呼び出してゴメンね」

「いえ。それで話とは？」

ラディアータは、キリッとした顔で情けないことを言い放った。

「言い訳をさせてほしい」

「いや、言い訳とかしなくても大丈夫ですよ」

「ほんとに？　怒ってない？」

「怒ってないです」

ラディアータがじーっと見つめる。

その謎の圧に、識はそっと目を逸らす。

「……ちょっとだけ」

「くっ！　やっぱり怒ってるじゃないか！」

「だってラディアータが乱入しなきゃ、こんな騒ぎになりませんでしたよね……」

自分は転入を断ったのに、なぜかラディアータが勝負を受けているのは本気で意味がわからなかった。

ラディアータは、ハハハと乾いた笑みを漏らしていた。

「あのときはきみがブーイングを受けていたから、つい飛び出してしまって……」

「それはありがたいんですけど、結局、何だったんですか？」

ラディアータが「まず経緯を説明するなら……」と話し始めた。

「昨日の決闘宣言のことだけど、少年は何か学園から聞いてる？」

「俺は何も。これは唯我の予想ですけど、最終日の決戦セレモニーの一環ではないかと……」

「さすがは王道の息子くんだね。その通りだ。最終日に三校の代表チームが決戦を行うセレモニーの一環として、私と瑠々音さんの聖剣演武が企画されていたんだ」

どうやら唯我の勘が当たっていたらしい。

となると、比隣の予想通り、あの賭けもパフォーマンスだったのだろうか？

しかしどうも、そこら辺は事情が違うらしい。

「ただし、あの賭けに関しては予定にないことだった」

「予定にない？　どういうことですか？」

「元々、私と瑠々音さんの決闘は企画されていた。でも少年の北海道校への転入を賭けにすることは、あの場で瑠々音さんが言い出したアドリブなんだ」

「は、はあ……」

何か雲行きが怪しくなってきた。

あの決闘自体は、以前から企画されていた。

しかし巷で話題になっている『識を賭ける』という部分は、瑠々音のアドリブ。

つまりあの場で識の転入を賭けにしたのは、元々あった決闘の企画を瑠々音が利用した形になる。

なぜか。

思い当たるのは『転入を拒む識を無理やりにでも連れて行くために』だ。

「本来なら、私の仕事で少年の進退を天秤に懸けるのはマナー違反だ。でもあの場で私が断っても……」

「どちらにせよ最終日の決戦セレモニーで2人の決闘は開催されるので、賭けは行使されてしまうということですか……」

あの決闘宣言は、非常にわかりやすく校外に広がってしまった。

ピノだけではなく、他の生徒も同じようにネットの海に流していたはずだ。

賭けの内容だけが周知され、当日を迎える。

決戦セレモニーでラディアータと瑠々音の決闘が開催されれば、観客は『ラディアータは賭けを受け入れた』と捉えるはずだ。

そうなれば、弁明したところでどうしようもない。

ラディアータは困った様子で、耳元の髪をかき上げた。

「私は世界最強の剣星だ。それが格下の挑戦を断るというのは……」

「わかります。ラディアータは現役の頃から、この手の戦いから逃げたことはない」

この学園では、識の鍛錬のために色々と融通を利かせてもらっている。

それはすべて『世界最強の剣星ラディアータ』が学園に奉仕するという条件の下で許可されるのだ。

識はうなずいた。

「とりあえず理由はわかりました。瑠々姉がすみません……」

「まあ、彼女が少年にこだわっているのは初日からわかっていたからね。きみ、何したらあれだけ好かれるの？」

「それに関しては、俺もよくわからないんです……」

実際のところ、未だに瑠々音との熱量の差に驚かされていた。

なぜあれほど自分にこだわるのか……地元の乙女に電話してみれば、何かわかるだろうか。

識が考えていると、ラディアータが軽く手を振った。

「まあ、安心してよ。相手が誰であろうと、私は負けない」

「……そうですね。それは疑っていません」

そうなのだ。

そもそもとして、この賭けは瑠々音がラディアータに勝利しなければ意味はない。

ラディアータは引退した身とはいえ、剣星としての力は健在だ。

対して瑠々音は、人気・実力共に上り調子にあるが、聖剣演武の頂きに坐する最強の集団『剣星二十一輝』に比べると見劣りするのは否めない。

まだラディアータに挑むには早いというのは、客観的な事実であった。

実力に関しては、識は師を疑うことはない。

説明を受けたことにより、心は軽くなったような気がする。

「それじゃあ俺は決戦セレモニーまで、予定通り北海道校の訓練に参加してきます」

「そうだね。存分に強くなってきてほしい」

しかしラディアータは、フッとアンニュイなため息をつく。

「少年が私の知らないところで友だちの輪を広げているのは、なんか複雑な気持ちだな」

「なんでラディアータが嫉妬してるんですか……」

緩いふりをして重い独占欲に、識は困ってしまうのであった。

✕✕✕

それから数日間、学園内は平穏な日々が過ぎていた。

最初は様子見していた生徒たちも、次第に他校の代表チームと打ち解けた様子である。

識と同じように、合同訓練をする光景も見られた。

識は北海道校の代表メンバーと共に過ごすことが多かった。

さすがにこの短時間で本格的に柔道を学ぶというのは難しく、やっていたのは専ら基礎トレーニングと聖剣演武の模擬戦ではあるが。

そして最終日。

別府校は朝から大きな賑わいを見せていた。

この日は一般にも学園が開放され、地元や周辺の観客、マスコミなども多数が押し寄せる。

駅前からの直通バスも、普段の数倍も多い。

温泉街も観光客への商売で盛り上がり、普段は見られない催しも開催されるのだという。

屋台が並んだ学園内の並木道を、識たち一年生ズは訓練場へと向かっていた。

本日のメインイベント、三校対抗の決戦セレモニーが開催される場所である。

ピノが両手一杯の屋台飯を、口に詰め込みながらモゴモゴ言った。

「いやー、さすがラディ様だよなー。これ、例年の何倍も人が入ってるらしいじゃーん♪」

「俺たちは慣れたけど、世界最強の剣星がいるってすごい状況なんだろうな」

「警備の人とか、めっちゃ増えてるもんねー」

「他校の代表もいるんだし、万全を期してる感じがするよ」

小学生くらいの子どもたちとすれ違う。

口々に「マジでラディアータがいるのかな!」「会えないかなあ!」「サインほしい!」と笑い合っていた。

ラディアータと初めて出会った幼い頃の世界グランプリの日、自分もこんな感じだったんだろうなと感慨にふける。

唯我がオレンジジュースを飲みながら、へっと笑った。

「てか識くん。これ、オレくんたち観戦できるんスかね？　ラディアータと歌姫の決闘観戦チケット、販売開始3秒で『SOLD OUT』になってたさあ」

「あ、それならラディアータにもらってるから大丈夫だ」

4枚のチケットを、それぞれに持たせる。

比隣が席の番号を見て、うんざりしたように言った。

「うわ、これ最前列の一番いいとこじゃねえか。あの女、どんだけ弟子に自分の聖剣演武を見せびらかしてえんだよ」

ピノが「ププ」と笑った。

「そんなこと言って、内心で『ラッキーッ！』って小躍りしてるくせになー。いい加減、素直にラディ様大好きーって言えばいいじゃーん」

「ち、違えって言ってんだろ！　オレ様は、世界を獲るために指導が必要なだけで……」

相変わらずのツンデレ具合に、識は苦笑した。

そんな話をしながら、訓練場に到着する。

この学園で最も大規模なステージを擁する場所だ。

開始1時間前だが、すでに入口には長蛇の列ができていた。

その両脇には『チケット譲ってください！』などと書かれたプラカードを持つファンたちもいる。

熱気の高さに、識はくらくらするようだった。

「こうやって見ると本当にすごいな……」

「去年、プロを引退して初めて公の場で競技するッスからね。そりゃファンからすれば垂涎ものさあ」

「唯我。チケット売るなよ？」

「…………」

「いや返事……」

唯我がマフラーを巻き直して、ヘラヘラ笑う。

「ま、入学したころのオレくんなら迷わず売ってたさあ。でも今は世界クラス……それもラディアータの聖剣演武を最前列で観れる経験のほうが大事ッス」

「……そうか」

いつかは「聖剣演武は金稼ぎ」などと言っていた唯我とは思えず、識は笑った。

列に並んで会場に入った。

指定された席は、比隣が言った通り中央の最前列。

競技が最もよく見える席だ。

周辺には大手のスポンサーばかり座るエリアで、制服姿の識たちは明らかに浮いていた。

そんな場所で焼きそばの匂いをまき散らしながら、ピノが興奮気味に言う。

「あーもー楽しみーっ！」

「ピノは何度かラディアータとレッスンしたろ？」

「それとこれとは違うって！　はあ～、ラディ様の聖剣演武、もう見れないと思ってたから感激だな～」

恋する乙女のようにうっとり言うが、残念ながら頬に鰹節が張り付いていた。

ただ、その気持ちはわからなくもなかった。

毎日のようにレッスンしてもらっても、やはりファンとして観戦するのは意味が違うように思う。

観客席を埋めていく人たちもそのようで、次第に興奮が高まっていく。

いつも減らず口を叩く比隣ですら、席に着いてからは言葉数が少なめだった。

「てか、アラヤっち。プロが何人も見にきてるの知ってる？」

「え。そうなのか？」

「ほら。あそこでインタビュー受けてる金髪の男の人、普通に前期の世界ランカーだし。あっちの綺麗なお姉さんもラディ様と同じ所属リーグの……」

「確かに海外からきてるお客さんもいるなあって思ってたけど……」

「試合終わったら、速攻でサインもらいに行かなきゃ！　こんなこともあろうかと、色紙めっちゃ準備してたんだよなー♪」

「ピノは逞しいな……」

識は改めてラディアータの存在の大きさを感じ、妙に誇らしい気持ちになった。

予定の時間になると、会場の照明が落ちた。

この前の決闘宣言と同じような演出だが……と思っていると、入場ゲートにスポットライトが当たる。

公式大会用の衣装を纏った瑠々音がいた。

和風のテイストを取り入れ、煌びやかさを強調したバトルスーツである。

ステージに飛び出すと、マイクを使って観客席のサポーターに呼びかけた。

『みんな、今日は来てくれてありがとう！　わたし、頑張って勝つからねっ！』

観客席の一団が、うおーっと叫んだ。

北海道校のメンバーを中心としたファンクラブである。

一般の観客も非常に温かい反応であった。

さすが日本の新エースとして期待される瑠々音である。

隣のピノもノリノリで推し団扇を振っていた。

「わひゃ～っ！　やっぱ生『ＲｕＲｕ』も可愛いなーっ！」

「ピノはどっちの応援してるんだ？」

「そりゃラディ様だけどさー。でも可愛い女の子に貴賤なしって学校で習うじゃん？」

「聞いたことないが……」

すると、反対側の入場ゲートにもスポットライトが当たる。

一瞬、会場がシンと静まり返った。


ラディアータが姿を現した瞬間、先ほどとは比べ物にならない大歓声が起こる。


天変地異ではないかというほどの熱狂的な歓声。

そのただ中で、識は必死に両耳を塞いでいた。

キーンと耳鳴りがして、鼓膜が破れそうだ。

（これが本来のラディアータの人気か……）

そういえば幼い頃の世界グランプリでは、結局、試合を見ることはできなかった。

あのとき観客席にいたら、こんな体験をしていたのだろう。

そんな歓声の中、ラディアータは涼しい顔で歩み出る。

新調したらしい競技用のバトルスーツを見せびらかすように腰を振り、こちらも競技用に準備したステッキを突いていた。

マイクを受け取ると、イヤリングを口に咥えて人差し指を向ける。


『〝Let's your Lux〟』

久々の生ルクスの披露に、会場中でマスコミのシャッターランプが瞬く。

『こんなにたくさんの人たちの前で競技するのは1年ぶりで緊張するよ。皆さん、今日は楽しんでいってね』

なんてこれっぽっちも緊張してなさそうに言う。

ステージ上で瑠々音と対峙すると、にこりと微笑み合った。

……その背後に龍虎の幻影を見たのは気のせいではないはず。

『さあ！　不慮の事故により競技界から姿を消したラディアータ・ウィッシュ、1年ぶりの聖剣演武がこの日本で行われます。観客席の盛り上がりをご覧ください！』

いつの間にアナウンサーが……と思っていると、なぜかその視線がこちらを見た。

観客席の識にスポットライトが当たる。

『今回の決闘は、こちらの男子生徒を巡ってのガチンコバトル！　なぜ、この男子生徒なのか⁉　それはこの男子生徒・阿頼耶識くんこそ、ラディアータ・ウィッシュの愛弟子であり、日本の次期エース・春風瑠々音の幼馴染であると……』

全国中継のテレビで暴露されまくり、識は「ぐはっ」と喀血しそうになった。

さてはこのために最前列の席を用意したな……とうんざりしていると、近くに待機していたスタッフがマイクとカメラを向けてくる。

「阿頼耶識くん。この決闘、どのようなお気持ちでしょうか？」

「っ⁉　………ふ、フタリトモ、ガンバッテ、ホシイデス」

完全にテンパってからのカタコト発言に、隣のピノと比隣が「ぶふうっ⁉」と噴き出してゲラゲラ笑っている。

テレビ慣れしている唯我は「あちゃあ」って感じであった。

ついでにピノがマイクを奪って「うちのＳＮＳフォローしてねーっ」とか宣伝しまくっている。

パフォーマンスも終わり、いよいよ競技のスタートとなった。

ラディアータが聖剣〝オルガノフ〟を展開する。

指揮棒型の聖剣を振ると、地面からせり上がるように8本の巨大な飛剣が出現した。

それらは隊列を組むように旋回し、ぴたりと止まる。

一般には1年ぶりの雄姿であり、観客の歓声も否応なしに大きくなった。

対して、瑠々音。

右手を振ると、その場に眩い光が発生する。
その白い光が霧散すると、聖剣が顕現していた。
——聖剣〝ラヴソング〟。
巨大なスタンドマイクに、刃が装着されたような形状。
特殊な音楽を発生させ、聴く者に様々な効果を付与する能力。
瑠々音はこの能力により、自身を強化して闘う聖剣士として知られる。
互いの聖剣が出揃い、会場の期待も最高潮になったとき。
競技開始のブザーが鳴った。

✕✕✕

三校交流会、決戦セレモニー企画
剣星一位〝シリウス〟――『ラディアータ・ウィッシュ』
ＶＳ
世界ランク76位――『春風瑠々音』

特別演習ルール。

国際基準と同様に、1対1の決闘式。

相手のバトルスーツの左胸にある結晶を砕くと得点を獲得し、その後は5分のインターバルを経て競技再開。

今回はラディアータの怪我を鑑み、『20点先取』で勝利とする。


競技開始のブザーが鳴った。

ラディアータの飛剣が『序曲』と呼ばれる旋回を開始する。

次第に加速していき、目にも止まらぬ速度で凄まじい風圧を放つ。

指揮棒型の聖剣を振り上げて、軽やかな動作で軌道をインプットする。

「調律、完了。共に歌おう。――〝清らかなる乙女たちの輪舞曲〟」

飛剣が一斉に宙に舞った。

輪を描いて踊るように、時間差で降り注ぐ飛剣の嵐。

識とのレッスンよりも、やや速度が速い。

対して、瑠々音。

腕を振り上げると、同時に聖剣〝ラヴソング〟よりポップな音楽が奏でられる。

そして――普通に歌い出した！

昨年、レコード記録を更新した『ＲｕＲｕ』の代表曲。

テーマとしては、恋する乙女が授業中に好きな男子の背中を見つめてアレコレ考えるわかりやすい恋愛ソング。ついつい素直になれないツンデレ仕様。

テンポよく共感しやすいこの歌は、若者を中心に大ヒットしている。

北海道校のファンクラブを中心に、黄色のペンライトが観客席に揺れていた。

それに容赦なく、ラディアータの飛剣が降り注いだ。

そして、瑠々音は当然のように躱し切る。


歌いながらも、その視線は飛剣をすべて見切っていた。

ダンスのような軽やかなステップで、リズムよく飛剣の合間を踊り切ってみせる。


ラディアータは「へえ」と感心したようにうなずいた。

「瑠々音さん、やるね」

「わたしと闘う前に引退できた幸運を噛み締めるといいわ！」

そんな軽口を交わしながら、互いに再び仕切り直す……かに見えた。

ラディアータがフッと微笑んだ。

「でも、まだ甘いね」

瑠々音がハッとすると、背後を振り返った。

さっき躱し切ったはずのラディアータの飛剣――それが宙を旋回し、ノータイムで第二波を仕掛けてきたのだ。

「……っ⁉」

一瞬、瑠々音の回避が遅れた。

1本め、2本めの飛剣を躱すところまではよかった。

3本めで脚を掠めた。

そのテンポのズレがじわじわと大きくなり……8本めの飛剣が、もろに命中する。

聖剣でガードした瑠々音を吹っ飛ばし、転がった先に——さらに飛剣の第三波が降り注いだ。

息もつかせぬ怒涛の攻撃が止んだ後——結晶を砕かれた瑠々音が立ち上がる。

人差し指をビシッと向ける。ついでに豊かなバストが上下に揺れた。

「もう、ラディアータ・ウィッシュ！　次はこうはいかないわ！」

「フフッ。その程度じゃ、私を蕩かすことはできないよ？」

観客席から大きな拍手が鳴り響いていた。

すでに競技界から身を引いたラディアータ。

怪我もあり、現在の力量を測りかねている人も多かった。

しかしこうして、その力は健在であると示した。

あるいは競技界への復帰もあるのでは？

そんな期待を込められた拍手でもあった。

5分のインターバルを経て、再び定位置で対峙する。

ブザーと共に、再びラディアータの飛剣が舞った。

「やっぱりこの距離だと、こっちが不利だわ！」

瑠々音は即座に判断すると、戦闘スタイルを変えた。

今度は歌いながら、先手を取るべく駆け出す。

それに対して、ラディアータ。

指揮棒型の聖剣で受け止めると、同時に飛剣でカウンターを仕掛ける。

自身もいる場所に、爆撃のように降り注ぐ飛剣の雨。

己の飛剣のコントロールにわずかな疑いも持っていないような攻撃は、狙い通りに瑠々音の結晶を砕いた。

再び歓声が会場を揺らす。

二度の激突を経て、再びインターバルに入った。

会場の大型モニターに、先ほどのリプレイがスローモーションで流れている。

雨あられと降り注ぐ飛剣、ラディアータ本人は右腕を掠めただけである。

……その掠めた右腕を押さえて、ラディアータは少し暗い表情を浮かべていた。

✕✕✕

観客席を埋める大半の観客と同じように、識も心地よい興奮に包まれていた。

（これがラディアータの本気の聖剣演武……っ！）

普段、毎日のように剣を交わらせている。

最近ではラディアータも剣技で応戦することが増えていた。

それでも、本気には程遠いのだと実感する。

その事実に少し不甲斐なさはあるものの、やはり強い憧憬が圧倒的に勝っていた。

（やっぱりラディアータは、俺の憧れだ！）

ピノや比隣も、それぞれ興奮した様子で一心に見つめている。

先ほどの2ターンで確信した。

ラディアータは負けない。

1年前までのアクロバティックなアクションこそないものの、それを補って余りある飛剣の緻密なコントロール技術は健在だ。

師を疑いなく肯定する識であった。

ただ、唯我だけが難しい顔でマフラーを巻き直している。

彼の表情に、少し違和感を覚えた。
（唯我。何か気になることがあるのか……？）
しかしこの大歓声の中、そのことを聞ける状態でもない。
ステージでは二度めのインターバルを終え、三度めの激突が近づいていた。

「ハァ……」

識の耳に、誰かの小さなため息が聞こえたような気がした。
（今のは……？）
周囲を見回しても、誰のものかわからない。
いや、それでなくとも気のせいだろう。
こんな大歓声の中で、小さなため息が聞こえるわけないのだ。
しかし識の胸には、何か小さな棘のようなものが生まれていた。
（この不安は……？）
何かが引っかかっていた。
言い知れぬ不安を消したくて、ステージ上のラディアータを見つめる。
きっと穏やかに微笑んで、こちらに手を振っているに違いなかった。

……しかしラディアータは、こちらを見てはいなかった。

これまで見たことないような暗い表情で、じっと自分の右腕を見つめている。

「……ラディアータ？」

そのつぶやきは、やはり師に届かず歓声に掻き消えた。

×××

三度めのブザーが鳴り、再び競技が始まった。

前のターンと同じように、瑠々音から仕掛ける。

流れるのは、未発表の新譜。

この三校交流会の初日、来校した際に披露したものである。

これまでリリースしたポップでキュートな歌ではなく、ややビターな失恋の歌。

少女が初めての恋で大人になりゆく様子を抒情的に描いていた。

そのテンポを表すかのように、足取りは流麗である。

柔道のすり足を取り入れたもののようだ。

おそらくラディアータに、自身の行動を読ませないためであろう。

「でも攻めっ気は隠せていないね。不器用なところも可愛いよ」

ラディアータは再び、自身を中心に飛剣の爆撃を放った。

――が、その一歩手前で、瑠々音が引いた。

爆撃の瞬間、思いっきり後方に跳躍して距離を取る。

「……っ！」

ラディアータの眉根が、ぴくりと動いた。

それに対し、瑠々音は涼しい顔で観客に向かって歌を披露し続けている。

「……これはよくないね」

誰にも聞こえないような小声で、ラディアータは舌打ちした。

その様子に気づいた瑠々音が、にこっと微笑んだ。

瑠々音が持久戦に切り替えたのは、一目瞭然だった。


フェイントと回避に専念し、ラディアータを消耗させる作戦であろうか。

それもあるだろうが、真の目的は違うとラディアータは推測する。

（事前のデータでは、瑠々音さんは歌で自身を強化して闘う聖剣士のはず……）

その強化の幅は、歌唱時間の長さに比例する。

歌を長く披露するほど、どんどん強くなる晩成型の聖剣士。

このために序盤は、劣勢になることが多い。

それを最大強化した剣技で覆すのが、瑠々音の戦闘スタイルである。

普段の50点先取ゲームでは、これまでのテンポでも問題なかった。

しかし今回は20点先取ゲームになったことで、序盤の歌の時間を長めに取るようだ。

それがラディアータには効いた。

普段なら自分から攻勢に出ればいいだけだが、今は機動力が封じられている。

1ターンめのように波状攻撃によって相手を揺さぶるのが定石だが……どうも誘われているような気がした。

「……いいさ。その誘い、乗った」

飛剣を操って、波状攻撃を仕掛ける。

第一波の飛剣の嵐を——瑠々音は容易く回避した。

そして斬り返す第二波——これもクリア。

トドメの第三波——雨のように降り注ぐ飛剣を、瑠々音は躱し切る。

先ほどとは違う色合いの歓声が響いた。

格下であるはずの瑠々音が、ラディアータの攻撃をすべて回避したのだ。

これにはラディアータも、少しばかり平静ではいられなかった。

（躱したというより、外された、という感じかな……）

ラディアータの飛剣は、事前にインプットした軌道を辿る。
それが瑠々音の流麗なすり足のせいで、ミスチョイスを誘われたのだ。
寄せては引き、引いては寄せる。
海辺の波のような動きに、ラディアータは困惑した。
（この状況はマズい……っ！）
冷や汗が頬を流れる。
同時に、瑠々音が動いた。
打って変わり、直線的にラディアータを攻めに出たのだ。
「……っ！」
それに対して、ラディアータは指揮棒型の聖剣で応戦する。
問題はステージに刺さって停止した飛剣だ。
繰り返すが、ラディアータの飛剣は事前に軌道をインプットして放つ。
それが完了するか妨害されると……飛剣は動作を止めるのだ。
本来なら、能力の起点たる指揮棒型の聖剣で拾いにいくのだが――。
ラディアータは、脚の怪我のせいで機動力が失われている。

その弱点を、まざまざと見せつけられる。

接近戦にしても、もちろん『剣星二十一輝』たる技術を持ち合わせるラディアータであった。

しかし相手は柔道界のサラブレッドであり、近接戦闘のエキスパートである瑠々音。

変幻自在な攻め手により、ラディアータの弱点である脚を執拗に狙い続ける。

闘いは長くは持たなかった。

鋭い足技で払われたラディアータが転倒する。

それを即座に抑え込み、瑠々音はにこっと微笑んだ。

「最強伝説を、終わらせてあげる！」

聖剣〝ラヴソング〟によって、ラディアータの結晶が叩き割られた。


天地がひっくり返るような大歓声が湧き起こる。


世界最強たるラディアータが、瑠々音に一本を取られた。

その事実に、観客は様々なリアクションを見せる。

新時代の到来を目の当たりにした瑠々音のファンたち。

阿鼻叫喚という様子で叫ぶ、ラディアータの熱狂的なファンたち。

……当のラディアータはステッキを使って立ち上がると、口元を拭った。

会場中の視線が刺さる中──にこりと微笑んだ。

「終わらせてあげる、なんて悲しいな。……ようやく楽しくなってきたところだよ」

静かに、しかし肌を刺すような鋭い覇気がある。

一本取られたことにより、ようやく闘争心に火がついた。


5分のインターバルを経て、競技再開のブザーが鳴る。


ラディアータが再び聖剣〝オルガノフ〟を展開する。

（飛剣たちを拾いに行けないなら、こちらも対策を講じるだけだ）

単純な話である。

拾いに行けないなら、最終的に手元に落ちるように軌道を設定すればいいだけのこと。

（とはいえ、瑠々音さんの動きが読めない以上、既存の剣技じゃ心許ない）

新しく細かに軌道を設定する。

世界の強敵たちを相手取ってきたラディアータにとっては、朝飯前のことであった。

「──たとえば〝戯れ慕う子犬の歌〟、ってところかな」

誰が子犬なのかは知る由もないが、ラディアータは新しい軌道をインプットした飛剣を放った。

先ほどと同じように、第一波、第二波の剣技が襲う。

それを瑠々音は、同じ歌を奏でながら回避する。

第三波の攻撃も回避され、飛剣が戻ってきた。

ここまでは想定通り。

それらはラディアータの手前で地面に刺さることになっている。

すぐに指揮棒型の聖剣で叩いて制御を取り戻し、瑠々音の反撃に備えるはずだった。

が。


ラディアータが異変に気づいたときには遅かった。

飛剣の1本が、地面に刺さらずにラディアータに命中したのだ。

「……っ⁉」

思い切りステージの端に吹っ飛ばされる。

これまで鳴り止まなかったはずの歓声が、ぴたりと止まっていた。

静かな戸惑いが、会場を包んでいた。

自身の剣によって砕かれた結晶の破片を拾って、ラディアータは立ち上がる。

「し、失敗してしまったな。ハハ、これは恥ずかしいね……」

軽口を装いながらも、胸中は穏やかではなかった。

これまで一度として飛剣のコントロールを誤ったことはない。

（……一瞬、視界が真っ白になったような。これは一体？）

スコアは2―2。

同点になり、競技は再開する。

（――なぜだ？）

ラディアータは、底知れない闇の中をもがくような気分だった。

（――どうして？）

繰り返す戦闘。

同じようなことが、何度も発生していた。

一瞬、視界に真っ白いノイズが走る。

飛剣がコントロールを失い、自身を攻撃する。

一度や二度なら、まぐれかミスと思えた。

しかしそれが10回以上もあれば、さすがに何かしら作為的なものだと察することもできよう。

問題は、察したときには手遅れだということだが。

スコアは13―19。

瑠々音が王手をかけていた。

この状況を、誰が予測しただろうか。

次第に言葉を失っていく観客。

様々な感情を込め、固唾を飲んで見守る中――ラディアータは必死で頭を回転させる。

(一方的すぎる。私が久しぶりの競技で、瑠々音さんが自身を強化しているにしても……)

そこでハッとした。

瑠々音の歌のことである。

あの流れが変わった3ターンめから、同じ歌ばかりを奏でていることに。

まだ配信されていない新譜。

これまでの歌とは雰囲気を変えた、ビターな恋愛ソング。

あえて歌い慣れた選曲ではなく、それを大事な決闘の場に持ってきた理由。

(まさか、この歌は自身を強化する歌じゃなくて――)

瑠々音が指をさしていた。

聖剣〝ラヴソング〟から、ムーディな曲が流れ始める。

「言ったでしょう？　終わらせてあげるわ」

ピンク色の綺麗な唇が、妖しいメロディを奏でる。

一瞬、ラディアータの頭が真っ白になった。

白昼夢の中にいるかのような、夢うつつ。

そしてハッと我に返った瞬間には――いつの間にか眼前に迫っていた瑠々音に、結晶を叩き割られていた。

スコアが更新される。

それまでシンと静まり返っていた会場が、割れんばかりの大歓声を引き起こした。

世界最強の剣星、ラディアータ・ウィッシュ。

彼女のシニアデビューから、7年の月日が経っていた。

ある意味で、世間が待ち望んだ瞬間が訪れたのだ。

不敗神話を誇っていたラディアータが、この日、初めて敗れた。

幕間　突撃、ラディ様同盟！（女湯編）

Hey boy, will you be my apprentice?

百花ピノは天才である。

そして生粋の聖剣士マニアであった。

ラディアータを筆頭に、様々なプロ聖剣士のデータを収集し、記録することを趣味にしている。

今ではSNSや動画サイトでその成果を披露し、かなりのフォロワーを稼いでいた。

いつか自分がプロを引退した暁には『世界聖剣士名鑑（決定版！）』を発行して、ぼろ儲けする予定なのだ。

これはそんな真理の探究者（笑）が遭遇した、とある門外不出の記録である。


――三校交流会、３日めの夜の出来事だった。

この別府校の各寮には、なんと天然の温泉が引いてある。

関係者は入り放題で、聖剣演武の雑誌にも度々特集が組まれるほどだ。

そんなとき、ピノは天啓の如く思い至った。

「もしや、これは生『ＲｕＲｕ』の艶姿を拝むチャンスでは……？」


またロクでもないことを考え出したこの女は、さっそく行動に移した。

（これはアレだから。生きた情報が大事っていう聖剣士マニアの血が騒いでるだけだから！）

謎の言い訳を自分にしながら、さっそく数日間の情報収集に勤しんだ。

それによると『ＲｕＲｕ』は普段、北海道校のメンバーとは違う時間帯に、１人で汗を流しているのだという。

（んふふー。うち、ちょっと気になってたことあるんだよなー♪）

ピノがずっと感じていた違和感。

それは——この瑠々音の公式データである。

なんとデータ上では、ラディアータとバストサイズが同じなのだ！

しかし実際、パーティ会場で２人が一緒にいるところを目撃した感じ……瑠々音のほうが大きいことに気づいた。

その衝撃的な事実に触れたとき——ピノは決意と共にぐっと拳を握った。


確かめねばなるまい。

果たして、どちらが嘘をついているのか！


「ということで！　突撃、ラディ様同盟！（ソロ活動）」

てな感じで、勢いよく教員寮の温泉に入る。

予定通り、他に利用者はいない。

そして数分ほど待機していると——ガラッとドアが開いた。

胸にバスタオルを当てた瑠々音が、温泉へと入ってくる。

湯船のピノに気づくと、普通に声をかけてきた。

「あら？　今日は先客がいたのね」

「あ、どうも！　いやー、たまーにこっちの温泉、入りたくなっちゃうんですよねーっ！」

聞かれてもないのにスラスラと言い訳が出てくるあたり、やましいことをしている自覚があるようだ。

しかし瑠々音は気にせず、身体を洗って湯船に浸かってくる。

まさか自身のバストサイズを視認するために潜入しているとは夢にも思うまい。

ピノが「ほわあ～……」と顔を真っ赤にしているのも、自身の知名度を考えれば不審に思うこともなかった。

と、そこで瑠々音のほうが気づいた。

「そういえば、貴女、識ちゃんのお友だちよね？」

「えっ⁉ あ、あー、アラヤっちですか？ は、はい。この学園に入学したときから……」

まさか自分が認知されているとは思わず、ピノの声は裏返った。

それから阿頼耶識の話題になった。

彼が学園でどんな生活を送ってるかとか、ラディアータとのレッスンの様子とか、瑠々音は真剣に聞いてくる。

ピノにとっては渡りに船であった。

観察の時間も稼げるし、何より瑠々音の警戒心も解ける。

実際、瑠々音はピノに対して割と打ち解けていた。

(何ならお友だちになって、直接、バストサイズ聞いちゃおっかなー？)

すでにミッション成功の気分になっていると、ふと瑠々音がため息をついた。

「……それでね、ラディアータ・ウィッシュが識ちゃんの悪影響になってないか心配なの。初日のパーティの夜、わたしの部屋に泊まったんだけど、ちょっと怖くて……」

「っ⁉」

ピノはぎくりとなった。

脳裏に過るのは、先日の夜のこと。

王道唯我と共にゲストルームに潜入し、3人の×××現場を目撃（？）してしまったことである。

ピノは温泉で火照った思考のまま、つい前のめりに核心を突く。

「3人でやったんですか？（×××を）」

「そうよ。3人で楽しんだわ（トランプを）」

ピノは卒倒しそうになった。

年下の幼馴染の件もあるし、予感していたことではある。

しかし恐ろしいのは識であった。

あんなに人畜無害な顔をしておいて、夜のほうはなかなか奔放のようだ。

確かにその点、ラディアータが悪影響になっていると言われてもしょうがない。

とうとうピノは、ずっとラディアータに聞きたくても聞けなかったことを、この瑠々音から聞き出そうと決意した。

「あの、つかぬことをお聞きしても……？」

「何かしら？」

ピノは、ごくりと喉を鳴らした。

「アラヤっち、すごいんですか……？」

「ええ。すごいわよ」

あっさり肯定され、ピノは喀血しそうになった。

その間にも瑠々音は頰に手をあて、うっとりして続ける。

「まさか、あのラディアータ・ウィッシュを手玉に取っちゃうなんて。小さい頃は、わたしの後ろに隠れているような男の子だったのに……」

「えっ⁉　ラディ様を手玉に⁉　それって、アラヤっちが攻めってこと⁉」

「どうかしら。あれは攻めていたというよりも、負けてるふりをして、最後に攻守逆転って感じだと思うわ」

「誘われ攻めだとーっ⁉　アラヤっち、そんな高等テクを⁉」

瑠々音の玉のような肌に、汗の粒が浮かび上がる。

頰もすっかり上気して、漂う色気が凄まじい。

明らかに温泉の効果であるが、ピノの目には『識の手練手管で堕とされたオンナの顔』にしか見えていなかった。

ピノは限界を迎えた。

もはや当初の目的を忘れ、湯船を飛び出した。

「うち、もう出ますーっ！」

「あ、ちょっと……」

残された瑠々音は、ぽかんとして首をかしげる。

「……温泉の後、急に動いて大丈夫かしら？」

ピノは脱衣所で着替えを済ませると、少し肌寒くなった夜を駆け抜けていく。

頭の中は、どったんばったんの大騒ぎである。

（どえらいこと聞いちゃったあーっ⁉）

真っ赤な顔を両手で押さえながら、先ほどの会話を反芻する。

（これまでラディ様に主導権があると思ってたけど、アラヤっちが操ってたなんて……）

予定とは違ったが、これはこれで重大な事実だった。

（しかも、あの『ＲｕＲｕ』まで自分だけのカナリアちゃんにしてるとか……）

男子寮の前を通ると、識の部屋の窓を見つめて――。

（アラヤっち……涼しい顔して、なんてやつ！）

こうして『阿頼耶識はババ抜きが得意だった』という情報は、未来の『世界聖剣士名鑑（決定版！）』には掲載されないことが決定するのだった。

III 春風瑠々音

Hey boy, will you be my apprentice?

ラディアータの敗北は、大きな波紋を広げていた。

会場は大きな喧騒のただ中にある。

打ちひしがれる熱狂的なファンたち。

台頭した新たなスターを賛美する者たち。

マスコミは我先にと会場を後にし、このスクープをいち早く世界に報じるべく動いていた。

会場で呆然と見つめていたのは、識だけではなかった。

ピノが我に返ると、慌てて識の肩を揺する。

「なんで!?　なんでラディ様、負けたの!?」

「…………」

識は答えられなかった。

こんな場面……これまで一度だって経験したことないのだ。

放心した識の代わりに、唯我が難しい顔で答えを告げる。

「ラディアータは、脚の怪我のせいで覚醒の半分が使えないんスよ」

反応したのは、比隣だった。

「スカし野郎！　どういうことだ⁉　適当なこと言ってたらタダじゃおかねえぞ！」

あまりのショックに、つい唯我が悪者かのように胸ぐらを掴む。

「ちょー、ちょー。オレくんに八つ当たりされても困るッス」

「さっさと説明しろ！」

「そッスねー。チップ弾んでくれるなら……」

じろっと睨まれて、唯我は両手を上げて降参ポーズを取った。

「親父に聞いたんスけど、ラディアータの聖剣〝オルガノフ〟の覚醒は機動力に特化したものが多いらしいッス。それが脚の怪我で封じられている……となれば、戦力半減なんて単純な話じゃないさあ」

本来、ラディアータの強みは『飛剣と使用者の多重攻撃』にあった。

1年前の、最後の世界グランプリ決勝戦。

日本の英雄・王道楽士を相手に、ラディアータはステージを縦横無尽に駆け回った。

8本の飛剣に気を取られれば、ラディアータ本人に止めを刺される。

ラディアータを抑えれば、8本の飛剣に仕留められる。

1人で軍隊を操るかのような圧倒的な物量こそが、ラディアータの最強たる所以であった。

片方が欠ければ……この結果も奇蹟などではない。
それを予感していたので、唯我はずっと浮かない顔をしていたのだ。
いや、それでも問題は……。
(本当に、それだけなのか?)
識の心中に芽生えた疑惑。
確かに覚醒は、聖剣演武にとって重要なファクターだ。
聖剣の性能は覆しがたい差を作る。
だが総てではない。
より上位の試合になるほど、命運を分けるのは聖剣士として積み上げた経験だ。
決してラディアータは、授けられた才能だけで天を頂いていたわけではない。
それを踏まえて考えれば――。
「……唯我。本当の理由は?」
ピノと比隣が、眉根を寄せる。
対して唯我は大きなため息をついた。
「識くーん。オレくんが空気読んでんだから、黙っててくれると助かるんスけど……」
「いや、いい。はっきり言ってくれ」
識の語気は強かった。

ここで黙っているほうが、よほどラディアータへの侮辱だと思った。

すると唯我は、やれやれと肩をすくめる。

「ま、覚醒が使えたところで、勝てなかった可能性は高いさあ」

唯我の言葉の意味は、すでに識も察していた。

競技中、どこからか聞こえた小さなため息。

識の真後ろに座っていたのは、世界大会で何度も顔を見るようなプロ聖剣士だった。

彼のため息の正体は――……。

「ほぼ1年間、世界競技の最前線を退き、識くんの指導というぬるま湯に浸かっていた代償はでかいッス。前回の世界グランプリのときより、明らかに反応が鈍っているシーンがいくつもあったさあ」

「…………」

スポーツマンにとって、頂きを獲ることは過酷なことだ。

しかしより厳しい試練になるのは――それを維持することを強いられたとき。

無論、ラディアータが怠けていたということはあるまい。

識を世界最強に育てるためには、師にもそれだけの力が必要なのだから。

だがラディアータも人間だ。

そのキャパシティには限界がある。

識(しき)という小さな芽を花開かせるため、かつて己(おのれ)の進化にだけ注いでいた労力を、他のものに捧(ささ)げざるを得ない状況(じょうきょう)が続いた。

ましてや聖剣演武(せいけんえんぶ)。

生き馬の目を抜(ぬ)くような熾烈(しれつ)な生存競争は、刻一刻と新しい時代(ステージ)へと移り変わる。

己(おのれ)の研鑽(けんさん)だけを志し、牙(きば)を研(と)ぎ続け、それでもなお頂きに手を掛(か)ける者は、世界でたったの21人。

奇蹟(きせき)を実現した彼らを称(たた)えて『剣星二十一輝(オールブライト)』。

そんな世界での1年間の停滞(ていたい)は、退化を意味するのだ。

世界最強の剣星(けんせい)・ラディアータは死んだ。

あの1年前の事故の日ではない。

競技者としてのラディアータを殺したのは自分自身だと、今、識(しき)は実感として知った。

識(しき)は立ち上がった。

「あっ！　アラヤっち！」

ピノの声を背に、一心に駆(か)けた。

会場の階段から、スタッフ専用の通路を行く。

ラディアータの控室には、マスコミが殺到していた。
学園の警備員が止めているが……。
（いや、ここじゃない）
それは勘だった。
何となく思い立ち、足は慣れた道順を行く。
会場を出て、いつものランニングコースを全力で走る。
校外からの来賓向けに建てられた屋台が消え、喧騒も小さくなっていく。
広大な聖剣学園の、端のほうに建てられた小さな訓練場。
教職員用の訓練施設で、学生の目にも付きづらい。
識はずっと、ここでラディアータのレッスンを受けていた。
（鍵が開いてる……）
ドアを開けて、中に入った。
キュッキュッと鳴る通路を行き、競技場のドアを開ける。

ラディアータが立っていた。

聖剣〝オルガノフ〟を展開し、じっと虚空を睨みつけている。

指揮棒型の聖剣を振ると、8本の飛剣が鋭く旋回した。

先ほど、瑠々音との決闘で使用した剣技である。

それは8本とも、一寸も狂わずにラディアータの手前に刺さって停止した。

「少年は、ここにくると思った」

ラディアータがこちらを見た。

そして何とも物寂しい笑みを浮かべる。

「負けちゃったよ」

「……はい」

何と返せばいいのかわからず、ただうなずいた。

ラディアータが指揮棒型の聖剣をくるくる振ると、地面に刺さった飛剣が吸い込まれるように消える。

「私の聖剣演武はどうだった？」

識のほうへ歩きながら、先ほどの決闘の講評を求める。

「俺はラディアータの聖剣演武をまた見られて、すごく感動しました。動きも、普段のレッスンのときよりキレがあったと思います……」

そして少し言い淀んだ。

「唯我の見立てでは、現役の頃よりやや反応が遅れていると……」

「やや、か。少年は優しいね」

中途半端な気遣いを看破され、識は顔を熱くした。

それを誤魔化すように、慌てて疑問を投げる。

「あの不自然な飛剣の操作ミスは、一体なんだったんですか？」

久しぶりの競技とはいえ、ラディアータがあのようなケアレスミスを連発するとは思えなかった。

普段からレッスンで聖剣を使用しているし、緊張した様子もないのだ。

ラディアータは、その答えを静かに語った。

「私の聖剣の覚醒の一つに、『知覚拡張』というものがある」

そう言って、自身の頭を指さした。

「早い話、脳の情報処理の能力を強化させるものなんだ。それによって、八つの飛剣を同時に操作できる。スピード特化の聖剣には必ずと言っていいほど備わるんだけど、私のこれは飛び抜けて能力が高い」

小さなため息と共に、指をくるくる回して、ぱーっと手を開く。

「それに悪戯された。あの新譜の失恋ソングは、対戦相手にデバフをかけて能力を低下させるものだった。それが瑠々音さんの狙いだったんだ」

今回の決闘において、瑠々音の課題は一つだった。

『いかにラディアータの飛剣を躱すか』

脚の怪我により、ラディアータの至近距離での戦闘力は大幅に低下している。

対して瑠々音は、至近距離での戦闘を最も得意としていた。

ならばその至近距離に持ち込む手段が必要だった。

普段なら、ポップソングにより自身を強化して掻い潜る。

しかし瑠々音は考えた。

『あの剣星ラディアータを相手に、自身を強化するだけで十分だろうか？』

答えは否。

ラディアータには手足よりも緻密に動く8本の飛剣がある。

1本でも喰らえば、即座に結晶を叩き砕かれる攻撃力を両立していた。

これまでのデータから、それらは何度も波状攻撃を仕掛けてくることはわかっている。

ならば、と逆転の発想にたどり着いた。

『自身を強化するのではなく、相手の弱体化を図るのは？』

とはいえ、相手はラディアータ。

瑠々音の聖剣〝ラヴソング〟の発動条件において、ラディアータへのデバフが簡単に仕掛けられるとは思えなかった。

なので、狙いを一つに絞った。

『あの恐ろしく速く強い飛剣に、1本だけ反乱を起こさせる』

これは瑠々音にとって、一世一代の賭けであった。

もし失敗すれば、ラディアータの圧倒的な物量の前に、自身は手も足も出ずにすり潰されるだろう。

実際、2ターンめまでの結果はその通りだった。

ラディアータが鈍っていたことは否めないが、経験で勝るはずの瑠々音に後れを取ることはなかった。

しかし3ターンめの瑠々音の誘導により、ラディアータは接近戦を意識せずにはいられない状況へと陥る。

飛剣の回収を念頭に入れ、軌道を最終的に手元に落とさなければならないという必須事項。

それさえなければ、飛剣が自身に直撃することはなかったのだ。

たった1本の飛剣のコントロールを狂わされた。

しかし、その1本が致命的であった。

結果として、瑠々音は賭けに勝ったのだ。

世界で誰も成し遂げたことがない最大級の大物喰いをやってのけた。

「どちらにせよ、私の完敗だ。賭けは行使される」

……と、そのことをすべて推測で完璧に見抜き、ラディアータは言った。

「……はい」

この決闘の条件。

『瑠々音が勝てば、識は北海道校へと転入が決まる』

マスコミにリークされている以上、やっぱりなしということにはできない。

識の目標は、聖剣演武の祭典『世界グランプリ』に選出されることだ。

これは強さだけではなく、その資格ある人格者であるか、という点も考慮される。

聖剣演武が興行スポーツである以上、このようなプライベートな約束でも反故にするのはイメージダウンに繋がりかねない。

それをわかっているからこそ、ラディアータは優しく告げた。

「北海道校の訓練、どうだった？」

「……みんな、いい人たちでした。他校の俺にも、親身に付き合ってくれます」

「そうか。それならよかった」

「……はい」

別れの言葉は、静かに行われた。

すでにラディアータは覚悟を決めた様子である。

プロとしての活動年月が長い分、このような事態に対してはクールな態度を見せた。

しかし識は違った。

2年後の世界グランプリ制覇という荒唐無稽な挑戦に身を投じながらも……いや、まだ高校1年生だからこそ、そのような夢に真っ直ぐ進めるのだろうか。

とにかく識は、初めて訪れる抗いがたい別れに足掻こうとした。

「そ、そうだ。北海道校に行くなら、ラディアータも一緒に……」

「…………」

ラディアータなら、うなずいてくれると思った。

しかし返事は、識の期待するものと真逆であった。

「それはできない」

「……ど、どうして？」

「この学園できみのレッスンをするために、色々と融通を利かせてもらったからね。その代わり、3年間の教鞭を執る契約だ」

「それは、そうですけど……」

識にとっては、自責を感じる契約だった。

その契約のために、ラディアータが本来の能力を発揮できなかったと言われてもしょうがない。

「俺がいなくなるのに、契約だけを守っても……」

ある意味、識の疑問は当然だった。

自分は北海道校に行かなければならないのに、ラディアータのみがこの学園に縛られることはない。

しかしラディアータは優しく微笑むだけだった。

「入学してすぐのことを覚えてる？」

「え？」

識は思い返した。

入学してすぐの頃。

ラディアータと初めて、くだらない喧嘩をした。

組分けトーナメント戦で、彼女との師弟契約を賭けて比隣と勝負もした。

まだ数か月しか経っていないのに、何年も前のことのように感じる。

ラディアータもまた、その思い出を振り返りながら言った。

「私は、きみが誇るべき師になると誓った。——二度と、嘘をつくことはないとね」

「……っ！」

それは識も覚えている。

この1年で学園の頂点に立てなければ、ラディアータとの師弟契約も打ち切りにすると約束した。

それを律儀に守る師に、識は自分の愚かさを教えられるようだった。

「大丈夫。飛行機でほんの数時間かそこらだ。会いに行こうと思えば……いや、何度でも会いに行くよ。約束しよう」

そして「ふむ」と首をかしげる。

「最後に大切なことを教えようか」

識の肩を抱き寄せる。

その頭をぐしぐし撫でまわしながら、耳元で囁く。

「少年にだけこっそり教えるけど……初めて負けた最強の剣星は、何を考えると思う？」

「さ、さあ。なんでしょうか？」

「現役の頃から、いつか負ける日はくるとわかっていた。私のことだから『もう引退かあ』とか『次は不動産王にでもなろうかなあ』なんて思ってると予想していたんだ」

「確かにラディアータなら、そう考えそうですね……」

容易に想像できてしまい、識はつい苦笑した。

「でも実際に負けてみれば『早く歌の効果に気づいていれば』とか『これが50点先取ゲームだったら』とか、まるで凡人みたいな未練ばかり頭を過るんだ。幻滅させちゃうかな？」

「幻滅しませんよ。それだけ競技が好きということじゃないですか」

「そうだね。競技は当然、好きだけど……」

識はその表情を覗き込んだ。

ラディアータは翡翠色の瞳を滲ませながら、痛々しく微笑む。

「きみの成長を、もっと隣で見ていたかった」

そしてもう一度、識を抱きしめる。

その頰を伝い、一筋の涙が流れるのに気づいた。

「駄目な師匠で、本当にゴメンね」

「…………」

識は抱きしめられながら、固く拳を握った。

入学試験の日、自分が弱いと知った。

無能な自分がラディアータに救われた。

聖剣を手にして、この学園でいくつもの闘いを経験した。

それでもなお、足りないのだと思い知った。

いつかこんな理不尽も、超えられる日がくるのだろうか。

世界最強の剣星になるために高みを目指し続ければ、いつか瑠々音も何もかも超えて、かつ

てラディアータが立った頂きへとたどり着くことができるのだろうか。

すべてを捨てて。

1人で。

いつか……。

「──っ！」

識はラディアータの身体を、強い力で引き離した。

ぎゅっと唇を噛んで、絞り出すように言う。

「いつかじゃない……」

「え？」

ラディアータが戸惑いの声を漏らす。

識は構わず続けた。

返事など期待してはいなかった。

「いつかじゃダメだ。だってそこには、ラディアータはいない……」

ラディアータは誇れる師になると誓った。

自分は誇れる弟子になると誓った。

その契約は──いまだ行使されていないのだ。

「ラディアータを、俺なしじゃ生きられないようにすると約束した！」

識は振り向かずに走り出した。

✕✕✕

識はある人物を探した。
学園を走り回り、手当たり次第に聞いて回り……それでもなかなか見つからない。
そして蓋を開ければ、最も単純なところにいた。
聖剣学園第三高等学校、生徒会室。
今は『三校交流会運営本部』とカードが下げられている。
ドアをノックすると、向こうから「勝手に入れ！」と怒鳴り声が聞こえてきた。
室内に入ると、地獄絵図のような光景があった。
ずらりと並んだスマホが、ひっきりなしに鳴り続ける。
十数人の運営スタッフが対応をしているが、まったく追いついていない。
なんだこれ……と呆然としていると、生徒会長の執務机にふんぞり返る人物が呼んだ。
「阿頼耶識！　突っ立ってねーで、こっちこい！」
別府校、生徒会副会長。
江雲心愛。

この三校交流会の運営責任者でもある彼女は、三つのスマホを耳に当てながら、器用に電話対応している。

「あの、これは……？」

「ラディアータが負けたせいで、外部からの電話が止まねーんだよ！　ま、勝っても似たようなもんだろーけどな！」

ぺぺぺと電話をマナーモードに切り替えながら、鬱陶しそうに言った。

「で、この忙しいときに何の用だ⁉　転入の手続きはこっちでやってやる！　景品は黙って梱包されるのを待ってろ！」

「…………」

が一っと吠える心愛に、識は単刀直入に告げる。

「午後からの決戦セレモニーに、俺を出してください」

「はあ？」

何かと思えば……と言いたげに大きなため息をついた。

「こっちは忙しいんだ。おめーの最後の思い出作りに付き合ってやる暇はねーんだよ」

「思い出作りなんかじゃない！」

識はぎゅっと拳を握る。

「俺はラディアータと一緒に世界を獲ると誓いました」

「それで？」

「北海道校に行けば、その誓いが守れません」

「そうかもな」

「だから、俺を決戦セレモニーに出してください」

「なぜ？」

識は大きく息を吸うと、力の限りに叫んだ。

「今、ここ、こ、ここで！ 春風瑠々音に勝って、ラディアータと共にいる価値を証明する!!」

識の言葉に、生徒会室は静まり返った。

心愛は無表情で、じっと識を見つめている。

「……ふーん」

そう言って、耳に当ててたスマホの通話を切る。

椅子に立ち上がり、執務机にドンッと片脚を載せた。

識の制服の襟を摑んで引き寄せると、にやーっと悪い笑みを浮かべる。

「いいねー。そういうの待ってたんだよ」

——1時間後。

学園の貴賓室で、心愛はある人物を迎えていた。

北海道校第一席である春風瑠々音。

先ほど剣星ラディアータへの勝利という、歴史的快挙を成し遂げた人物である。

心愛に出された紅茶に口をつけながら、瑠々音はお行儀よく座っていた。

「『ＲｕＲｕ』様。英雄になった気分はどうだ？」

「うふふ。悪くないわね」

プライベートのつもりなのか、歌手活動のときより落ち着いた雰囲気である。

先ほどまでマスコミ対応していたせいで、やや頬が紅潮していた。

「それで用事って何かしら？　まさかサインが欲しいわけじゃないわよね」

「いやいや。書いてくれたら末代までの家宝にしますよ……って、まあ、もちろん違ぇーんだけどな」

心愛は軽口を叩きながら、自分の紅茶を飲み干した。

「阿頼耶識が、再戦を希望している」

「それは無理よ。わたしに再戦する理由はないし、ラディアータ・ウィッシュの体面としても実現は難しいでしょう？」

「まあ、ラディアータの再戦は無理だろうな。仮にも王者が、そんな惨めったらしい真似はできねーよ」

心愛は本題を切り出した。

「おめーが闘うのは、阿頼耶識のほうだ」

「識ちゃん？」

「師匠の敗北に燃えた弟子が、世界のスターダムにのし上がった仇敵にリベンジマッチってのはおいしい展開だ。さらに盛り上がるぜ」

「それじゃわたし、悪役じゃない？」

「さっきの勝ち方で、正統派を気取ろうってのは無理がねーか？」

瑠々音がムッとした。

心愛はからから笑いながら「偉大なことを成し遂げたのは事実だよ」と付け加えた。

「つーわけで、午後からの決戦セレモニーで阿頼耶識と闘ってほしい。あいつを別府校の大将として出す」

「…………」

瑠々音はティーカップを持ったまま、少し考える。

「識ちゃんが勝ったら、先ほどの決闘の報酬を取り下げろと？」

「理解が早くて助かるよ。別府校としても、あいつとラディアータのコンビは手放せない。あいつらが在籍してるおかげで、学園の運営は右肩上がりだ。ラディアータが負けたせいで、役員連中からわーわーが怒られるの理不尽すぎねえ？」

瑠々音が「客寄せパンダね……」とため息をついた。

「心愛ちゃんには同情するけど、わたしに受ける理由はないわ」

「もちろんタダとは言わねえよ。今や世界的スターである『ＲｕＲｕ』様のお手を煩わせるんだ。見返りはそれなりにな」

「馬鹿にしているのかしら？」

「まあ、去年までは海外に行く飛行機で、一緒にあれやこれやした仲だしな。遠くに行ってしまったみたいで寂しいよ」

「い、いかがわしい言い方をしないでほしいわ。貴女、ラディアータ・ウィッシュに似てるわよ」

瑠々音が頬を染める。

心愛が軽薄に笑い、見返りを告げた。

「この戦いで別府校が負けたら、来年の日本トーナメントの学生出場枠。うちの推薦枠を、すべて北海道校にくれてやる」

「え……」

瑠々音がティーカップを落としそうになった。

慌てて持ち直したが、中身がスカートの膝に掛かってしまう。

それにも構わず、瑠々音は信じられないという表情で聞き返した。

「それ、役員会は了承しているの？」

「さっき王道のおっさんには話を通した。まあ、あの人さえ説得できれば、他は事後報告でどうにでもなるだろ」

「次からの新入生、捨てる気？」

「この三校交流会でのアピールは、おめーに全部持ってかれたからなー。あと2年以上はラディアータが別府校にいるんだし、あの女に働いてもらうさ。元々、あいつの迂闊さが招いた事態だ」

日本トーナメント。

世界四大大会に出場するための席を奪い合う国内最大のトーナメント戦。

この世界四大大会でトップクラスの実績を残した聖剣士が、世界聖剣協会からの推薦をもって出場できるのが世界グランプリである。

つまりこの日本トーナメント出場枠の数こそが、三つの聖剣学園の隆盛を表している。

それが0になるというのは、自校が選ぶに値しないと公言しているようなものだ。

となると当然、才能に恵まれ世界を志すような天才候補たちは、その学園はチョイスしないということである。

そして人材に恵まれなければ、さらに次の世代での衰退は必至。

ズルズルと自校の戦力は失われ、他に吸収されるのがオチであろう。

聖剣学園を預かる者としては、絶対に取ってはいけない手段。

それは裏を返せば、北海道校のトップである瑠々音にとっては悪い話ではないのだ。

識はラディアータに師事しているとはいえ、まだ大会実績がないアマチュア。それに勝利するだけで、自校に一生ものの恩を売れる。

日本リーグに所属する聖剣士としては、非常においしい条件であった。

まさに鴨が葱を背負ってくるようなもの。

そんな好条件ではあったが……。

「……でも、それじゃあ釣り合わないわ。わたしがラディアータ・ウィッシュに勝利した時点で、北海道校の将来性をアピールすることは大成功しているもの」

すげなく断られて、心愛は肩をすくめた。

そして「まあ、そうなるわな」と言って、もう一つの条件を提示した。

「それにプラスして、阿頼耶識の日本トーナメント出場権を無期限に剝奪する」

「……っ！」

先ほどの条件よりも、何段も見劣りする……というか、別に報酬にすらならないような条件であった。

しかし瑠々音が動揺したのを、心愛は機敏に察した。

内心で「イケる」と踏むと、畳みかけるように告げる。

「日本トーナメントへの出場枠を決定するのは、世界聖剣協会から指定を受けた三つの聖剣学園だ。それは学園を卒業したプロの聖剣士にとっても同じこと。つまり阿頼耶識は、永久に世界グランプリには出場できないわけだ。聖剣士としては死を意味する」

「…………」

瑠々音の恨みがましい視線を受けて、心愛は涼しい顔で笑った。

「結局、おめーの目的はそれだろ？」

「…………」

瑠々音の返答はなかった。

心愛はそれを無言の肯定と受け取った。

聖剣学園へ入学してから、同年代のライバルとしてしのぎを削った仲である。

先ほどの瑠々音の聖剣演武を見て、違和感を覚えるのは当然だ。

「おめーが大事な試合であんな馬鹿賭けに出るなんざ、わーも信じられなかったよ。どんだけ阿頼耶識のこと好きなのかと思ってたが……それならわざわざ北海道校に引き抜く必要はねえよなー。ただラディアータとの師弟契約だけ打ち切らせれば済む話だ」

ニヤニヤしながら続ける。

「阿頼耶識の所属を北海道校に移して、アレコレ理由つけて日本トーナメントへの出場を阻止する。過保護なお姉ちゃんは大変だねー」

瑠々音がバンッとテーブルを叩いた。

顔を真っ赤にしながら、それでも必死に平静を装って告げる。

「いいわ。受けましょう……」

「ありがてー♪　それじゃ、細かい部分はわーに任せてもらえれば……」

心愛はパンと手を叩いてにこやかに続けようとしたが、それは瑠々音の言葉に遮られた。

「ただし、こっちからも条件をつけるわ」

「……うん？」

瑠々音はどや顔で、ビシッと人差し指を立てる。

「午後からの決戦セレモニーは、各校の代表5人チームによる団体戦よ。別府校が北海道校に全勝した上で、識ちゃんがわたしに勝てたら、先ほどの決闘の報酬を取り下げるわ」

「おい、マジか……」

うっと今度は心愛がたじろいだ。

この三校交流会、2日めの予行演習の結果は散々だった。

識がラディアータと話したように、別府校の全敗である。

気をよくした瑠々音が、一転、攻勢に打って出た。

「当然よね。そのくらいやってもらわないと、ラディアータ・ウィッシュの敗北を覆すほどの価値を感じないわ」

ホホホホホ、と瑠々音は勝ち誇った。

彼女の信奉者たる金科玉条のトレーナーとしての能力は、世間的にも大きく評価されている。

瑠々音も全幅の信頼を寄せているからこそ、自身の戦闘スタイルを伝授しているのだ。

当代の北海道校は、チーム戦においては歴代最高の実績を誇る。

生徒会長・副会長の二大リーダーが出場できない現在の別府校では、到底、太刀打ちできるものではない。

さあ、それでもこの勝負を続行するか……と無言の圧をかける瑠々音。

……が、心愛はあっさり承諾した。

「ま、いいだろ。そんくらいのハンデがねえと面白くねーしな」

「え……」

まさか受け入れると思わなかった瑠々音は、ぽかんと呆けた。

心愛は「はい、取引終了」と平然と立ち上がる。

「じゃ、マスコミにはこっちからリークしとくから。おめーも世界的スターになった以上、やっぱりなし、はダメだかんなー」

「ちょ、貴女……っ」

慌てて呼び止めようとしたが、心愛は先に貴賓室を出て行ってしまった。

取り残された瑠々音が呆然としていると、向こうからドアが開く。

北海道校の実質的なナンバー2、金科玉条であった。

「我が希望の光よ。あの生意気ロリっ子と、一体どんな話を……」

「………………」

瑠々音はコホンと咳をすると、経緯を説明する。

「……ということで金科くん。きみも決戦セレモニーに出場してね。頼りにしてるわ」

「お任せください！　我が命に代えて、勝利を捧げてみせます！」

こいつの命なんぞいらんわ……と内心で思いながら、瑠々音は清純派の顔でえいえいおーっと腕を振り上げる。

「別府校を完膚なきまでに叩き潰しちゃうぞーっ！」

「勝利の暁には、ボクを特別な弟に……」

「それは10年早いかしら♪」

「ご無体な！」

あの打算的な心愛が条件を受け入れたことは気にかかるが……。

何か隠し玉があるにしても、せいぜい一勝が関の山。

そもそも識は聖剣が宿って1年足らず……自分に勝てるはずがない。

瑠々音はほくそ笑むと、軽やかな気持ちで午後を待った。

✕✕✕

教員寮ラウンジ。

瑠々音との密談を終え、心愛は識たち4人組を呼び出した。

「……てことだ。つまり阿頼耶識の進退は、そのまま別府校の名誉に関わる。わーのために気張れよ。カッカッカ」

あっさり言われた識は固まっていた。

ピノがドン引きしながら言う。

「え。どうすんの？」

「全勝するっきゃねーだろ」

「いやいやいや。そんな簡単に言うことじゃなくない？　2日めの予行演習、うちの全敗だったんでしょ？」

「しゃあねーだろ。約束しちゃったんだし」

「そんな小学生みたいなこと言われても……」

　するとピノが、ぴーんとひらめいた様子である。

「あ、そっか！　うちの代表メンバー、予行演習のとき手加減してたとか！」

「いーや。そんな小賢しい戦法は許しちゃいねーよ。正真正銘、実力での完敗だ」

「なんで自信満々だし⁉」

　フフンと胸を張るロリ司令官に、ピノは真面目にツッコんだ。

　しかし他のメンバーも気持ちは同じである。

　その心愛はへっと笑った。

「おめーらが出ろ」

　真っ先に反応したのは、血の気の多い比隣であった。

「マジか⁉　いいのかよ！」

「マジだよ。現状、うちの面子に逆転の目はねーからな。阿頼耶識と百花ピノには言ったことあるが、この決戦セレモニーは学園の威信が懸かってる。2年・3年といえど、負けるとわかってるやつを出す義理はねーな」

　心愛はカラカラ笑った。

「決戦セレモニーは5対5の団体戦だ。おめーら4人に、ここにいないもう1人を含めた編成でいく。その上で、最も警戒するべき相手は誰だと思う？」

ピノが元気よく手を挙げた。

「そりゃ『RuRu』でしょ！」

「バーカ。それは阿頼耶識がどうにか勝ちやがれって話だ。こっちは一つも落とせない以上、そこにたどり着くまでに負けたら意味ねーんだよ」

心愛の目配せに、識が答えた。

「金科先輩ですね」

金科玉条。

北海道校の実質的ナンバー2。

トレーナーとして参加している彼は、本来なら決戦セレモニーには出場しない。

しかし瑠々音が全勝の条件を出した以上、保険としてメンバーに差し込んでくるのは容易に想像できる。

全勝の条件に、最も関門となるのは彼に違いなかった。

その答えに、心愛もうなずいた。

「実際に闘った阿頼耶識はわかるだろーが、金科玉条はすでにそこらのプロより強い。本気で競技に打ち込めば世界クラスの逸材だ。現状の別府校に正攻法であいつを抑えられるプレイヤーはいないだろーよ」

心愛の分析は正しい。

当代の聖剣学園では、３人の生徒会長に次ぐ実力を有しているのは間違いない。

いくら情報が割れていないピノや比隣が隠し玉として参戦しようと、基本的なスペックで危ぶまれるのは否定できなかった。

それを踏まえての心愛の問い。

「阿頼耶識。どーする？」

「…………」

彼女の言いたいことはわかっていた。

識は今まで口を閉ざしていた最後の１人に向く。

唯我はオレンジジュースのストローに口をつけ、事の成り行きを見守っている様子であった。

その唯我へ、識が確認する。

「唯我。やってくれるか？」

「え、普通に嫌ッス」

しん、と場が静まった。

遠く三校決戦セレモニーに来校した客たちの喧騒が聞こえている。

……額に手を当てて、うーんと唸ったのはピノであった。

「唯我っち。今のはオーケーする流れでしょ……」

「いやいや。なんでかみんな参加する前提だけど、オレくんは承諾してねぇッスよ。この学園の威信にも興味ねえし、そもそも金にならない競技はしない主義さあ」

唯我はヘラヘラ笑いながら、ズズッと音を立ててジュースを飲みほした。

「でもアラヤっちが転校しちゃうかもよ？」

「そもそも識くんの目標は世界グランプリの制覇ッスよね？　そんな夢物語を本気で狙うんなら、むしろ北海道校に行くべきさあ」

瑠々音の真意を知らないので、唯我がこのように判断するのも当然であった。

それに対して、識は胸の内を素直に告げる。

「俺にとって、ラディアータと一緒じゃなきゃ意味ないんだ」

「そりゃ言いたいことはわかるさあ。オレくんみたいなやつには、あんまり共感できねぇッスけど」

あくまで乗り気ではなさそうだ。

ここでアレコレ理屈をこねたところで靡かないのが唯我という男である。

とはいえ、現状で唯我を措いて金科玉条に勝てる見込みのあるプレイヤーもいない。

元々これは識の私闘ともいえた。

となると、無理に参加させるのは気が引ける。

が――。

識にとっても、絶対に引けない戦いであるのは事実。

ここで唯我の協力は不可欠である。

ゆえに識が、唯我を口説くためにとった行動は……。

「金科先輩を倒せるのは、唯我だけだ。頼む」

「………」

率直に情に訴えることであった。

簡単に言えば、シンプルに友人へお願いしたのだ。

識が深く頭を下げたのを見て、唯我が狼狽えた。

このヘラヘラした男は、案外、こういう直球に弱い。

ジュースのストローを噛みながら、助けを求めるように周囲を見回した。

ピノと比隣が、肩をすくめる。

「……これ、断ったら完全に悪者ッスよね」

唯我はものすごく気まずそうに、はあっとため息をついた。

「今回だけッスよ……」

「本当か！」

押し切った。

ということで、メンバーは心愛の思惑通りとなったのだが……。

識を見つめながら、心愛は1人でぼやいていた。

「こいつ、順調にラディアータの悪いとこ引き継いでんなー」

その呟きは、わいわい騒ぐ1年メンバーには聞こえていなかった。

✕✕✕

決戦セレモニーの会場は、なかなか盛況を見せていた。

これに関しては、どちらかといえば一般観客よりも業界人が多く来場する。

プロ聖剣士や学園のスポンサー、海外クラブチームのスカウトなんかも訪れており、生徒にとっても重要な機会だ。

しかし今回、一般客の入りも上々である。

午前中のラディアータの決闘の影響もあるが、事前にマスコミからリークされた情報が原因であった。

『堕ちた剣星、ラディアータ・ウィッシュ！　しかし、その意志は死なない。〝最強〟を継ぎし新星――ここに仇敵へ挑む！』

まるで「ラディアータとうとう死んじゃった？」みたいな文面だが、とにかく識のリベンジマッチはいい感じに話題を集めていた。

午前中、大々的に「こいつが景品です」って感じでテレビに顔が映っていたのが功を奏したらしい。

ついでに別府校VS北海道校の構図がわかりやすく、最強の弟子の未来が掛かっていることもエンタメ的にポイントが高かった。

……なお蚊帳の外にされた長野校のメンバーは特に何も絡んでこなかった。他と比べて穏やかな校風なのである。

そんな一大決戦が開始しようとするとき、再び会場をざわつかせる出来事が起こった。

今回の決戦セレモニーでは、挑戦者として位置づけられた別府校。

事前のメンバー表から、がらりと面子を変更してきた。

本来なら初日の懇親会に参加していた学園の上位10名の内、5名を選出するのが通例である。

開催校の利を活かした力業……と片付ければそれまでだが、問題はその内容であった。

それが全員1年生ということで、主に業界人から戸惑いの声が上がったのだ。

『別府校は実績を捨て、話題作りのために奇抜な手段を講じたのだろうか？』

と囁かれるのも致し方なし。

向こうのほうで「神聖な三校交流会を汚しおって！」みたいなことを騒いでいるのは、聖剣学園のOBであった。

様々な感情が渦巻きながら、別府校と北海道校の決戦セレモニーが開始された。

決戦セレモニー。

団体戦ルール。

基本的に午前中に開催されたラディアータと春風瑠々音の決闘ルールを踏襲。

三校の団体総当たり戦ということも鑑み、得点も同じく『20点先取』とする。

各校、代表者5名を出し、勝ち数の多い学園が勝利となる。

第1戦

北海道校・第四席――『付和雷同』

ＶＳ

別府校1年・第五位――『天涯比隣』

……と、大型モニターにでかでかと表示されているのを眺めながら、比隣はつまらなそうに舌打ちした。

「ハッ。まったく金科玉条だろうが何だろうが、オレ様がぶった斬ってやるのによ。まさかの前座扱いとか、無能野郎が偉くなったもんだなァ」

聖剣である豪奢な三叉の鉾を顕現すると、それを肩に担いでステージに上がる。

相対するのは、北海道校でも武闘派として知られる男子生徒であった。

それにガン飛ばしながら、比隣はにやりと笑う。

「ま、いーけどな。結局、オレ様が一番目立っちまえば済む話だ」

競技開始のブザーが鳴った。

比隣は髪の毛を抜いた。

それを口に咥えて、ぷっと吹き出す。

聖剣の稲妻を纏った髪の毛が、ステージに落ち……。

稲妻で形作った二頭の狼が出現する。

——聖剣〝ケラウノス・スフィア〟。

第一覚醒『雷雲変化』。

本来は天球状に雷撃を放つ聖剣だが、覚醒の剣技として『稲妻を自在に形状変化できる』という特性を得る。

比隣は三叉の鉾を振るうと、稲妻の狼に命令した。

「やれ」

比隣の言葉に合わせて、二頭の狼がステージを駆け巡る。

それに対し北海道校第四席、非常に戦いづらそうであった。

本来、武道の型は対人戦を想定したものが多い。

四足歩行の獣を相手に、これまで培った柔道の技が通じない。

たまらず聖剣の力を発動しようとしたところで……。


——背後には、稲妻を纏う比隣の超速移動が待ち構えていた。


三叉の鉾が、北海道校第四席の結晶を叩き砕く。

「……遅ぇな。まだ入学したときの無能野郎のほうがマシだったぜ？」

わずか数十秒のことであった。

強豪・北海道校の代表が、別府校1年にあっさり先制を許してしまう。

その事実に、観客は水を打ったように静まり返った。

しかし得点のブザーと共に、大番狂わせの歓声が上がる。

「ったく、このくらいで騒ぐんじゃねえよ。暑苦しいな」

……とか言いながら、口元がにやつくのを止められない比隣であった。

さてこの一戦で、さっそく雌雄は決した様子だ。

結局、北海道校第四席は、比隣のスピードに対応できずに終わる。

スコアは20—0の完封であった。

聖剣の相性もあるが、単純に比隣が自身に与えられた才能を存分に発揮した形である。

本来、このくらいのスペックを備えていたものが、数か月の訓練でようやく芽を出しつつあった。

その完勝を控え選手の席で見ていた識たち。

久しぶりに見た比隣の本気に、感嘆の息を漏らしていた。

「比隣。また聖剣の扱いが巧くなってるな……」

「柔道相手に狼チョイスかー。ちゃんと頭も使ってるし、稲妻を変化する剣技もキレが増してるねー」

ピノがうなずきながら、ちょっと意地の悪い笑みを浮かべた。

「てか、あの戦闘スタイル、明らかにラディ様の飛剣をリスペクトしてるよなー」

「あ、やっぱりそう思うか？」

「誘導の仕方とか、めっちゃ似てるもん。ほんと素直じゃないよねー」

「そうだな……」

そんな話をしているうちに、ステージでは第2戦が開始されていた。

別府校の代表は、クールな印象の女子生徒である。

身の丈数倍のどでかい棍棒のような聖剣で、北海道校第三席の男子生徒を場外に吹っ飛ばしていた。

そのホームランを眺めながら、ピノが「うーん……」と唸った。

「飛鳥っち、今日も飛ばしてるね……」

「あれじゃあ柔道も何も関係ないな……」

第2戦もつつがなく勝利に近づくと、ピノが立ち上がって伸びをした。

「じゃあ、うちもいきますかーっ！」

「ピノ、頑張って」

「え。勝ったらご褒美のキスしてやるぞって？　きゃーアラヤっち、オレ様じゃーん♪」

「さっさと行ってくれ……」

こういう変なところでラディアータを真似るのは本当にやめてほしかった。

第3戦
北海道校・第二席――『漁夫うい』
VS
別府校1年・第三位――『百花ピノ』

ピノと相対するのは、快活そうな女子生徒であった。

開始直前、その女子生徒はビシッと指をさす。

「あんた。あの百花ピノでしょ？　自称聖剣士マニアで、SNSとか動画サイトで強いプロ聖剣士の紹介してフォロワー稼いでるやつ」

「え。うちのこと知ってんの？」

「ふん、やっぱりね。ここで会ったが百年め……パパの仇、あたしが倒す！」

観客席がざわついている。

何かしら因縁があるような雰囲気に、つい前のめりになってしまう。

「センパイのパパさん？　えーっと……何かしたっけ？」

ピノ本人は、うーんと小首をかしげていた。

そんな態度に、女子生徒は露骨にムカッとした様子である。

こめかみに『※』を浮かべると、会場に響き渡るような大声で怒鳴った。

「あたしのパパ！　日本のプロ聖剣士なのに、あんたのSNSで紹介されてないって泣いてたのよ！」

「それ、うちに文句言われてもなー……」

そもそも女子高生のSNSチェックしてる父親ってどうなん……みたいな野暮は口にしないピノであった。空気が読める女である。

会場が生温かい笑いに包まれたとき、競技開始のブザーが鳴った。

ピノは両脚に滑走靴型の聖剣〝タイタンフィールド〟を顕現すると、戦闘態勢になって叫んだ。

「それじゃセンパイがうちに勝ったら、親子共々、大絶賛で紹介しちゃうからね！」

「よーし！　世界一ダンディなパパだって紹介しなさいよ！」

聖剣士マニアとファザコンの戦いが火蓋を切った。

ファザコン第二席が、聖剣を顕現する。

古代日本で宝刀として扱われた七支刀と呼ばれる刀剣に近い形状をしていた。

「あんたは近距離が苦手だって知ってるのよ！」

聖剣を構えると、一気に距離を詰めてくる。

そして聖剣を持っていないほうの手で襟を掴みにきた。

ピノは滑走靴型の聖剣で、ステージを滑るように回避する。

「そんな直線的な動き、もう対処は慣れて……おりょ？」

突然、ピノの脚が何かに絡めとられる。

視線を落とすと……地面から飛び出した刀身が巻き付いていたのだ！

「わぎゃーっ⁉」

さすがに脚を掴まれれば、転ぶしかなかった。

その隙に、さらに地面から別の刀身が飛び出してピノの結晶を叩き割る。

ファザコン第二席が、どや顔で聖剣を向ける。

七支刀……1本の刀身の途中から、六つの刀身が枝分かれした宝刀。

その枝分かれした六つが、うねうねと蠢いていたのだ。……有り体に言うと、非常に触手っぽい。

「あたしの聖剣〝モールクロウ〟は、枝分かれした六つの刀身を自在に伸ばして操れるの。あんたが地面を離れられない以上、あたしの攻撃を避けることはできないでしょ！」

「う、うーん。あんなアホなビジュアルなのに、意外に隙がない……」

どちらかといえば色物枠に収まりそうな外見。

しかしこれが案外、馬鹿にできないとピノは悟った。

実際、その射程距離は十数メートルにも及ぶ。

ステージの半分ほどは、彼女の聖剣の効果範囲内ということである。

どんな体勢からでも自在に刀身を伸ばしてフィニッシュを狙えるという利点を最大限に活かし、北海道校の第二席にまで上り詰めた天才候補である。

さて。

ピノの聖剣が鉱物に依存する以上、確かに相性は最悪といえる。

入学当初ならば、このまま終わっていただろう。

だがピノは、にやっと笑った。

バレエのアンバーのポーズを取ると、ファザコン第二席に言い放つ。

「でも残念。センパイの戦闘スタイルは、美しさが足りないね！」

競技再開のブザーが鳴ると同時に、ピノは横向きに滑走した。

それを狙い、ファザコン第二席が聖剣を地面に潜行させる。

地下を通って、ピノの脚を狙う――が。

「同じ手は喰わないよ！」

ピノがトゥループジャンプを放った。

石の弾丸を飛ばすかと思ったが……なぜか前方に石の通路を作り出したのだ。

まるでカーペットのような薄い石道。

それは上空へとぐるぐる延びながら、ピノを上方へと連れていく。

緻密な聖剣操作に、観客席のプロたちが舌を巻いた。

わずかでも操作を誤れば、石道は崩れてまっ逆さまである。

いや、それよりも驚くべきは……。

「なんで滑走靴で上ってるのに、速度が増してるのよ！」

ファザコン第二席が叫んだ通りである。


——聖剣〝タイタンフィールド〟。

第三覚醒『天上天下』。

ごく短い間、自身にかかる重力の向きを回転させることができる。

早い話、上り坂を滑る際にもスピードが増して、壁でも天井でも自在に滑り切ることが可能となる。


今回は重力の向きを、背中を押す形に調整して速度を上げているのである。

そんな理屈など知らないファザコン第二席は、慌てて聖剣を向けた。

「追え！」

聖剣が枝を伸ばし、必死にピノを追い続ける。

それがほんのわずか届かない距離で、ぴたりと止まった。

射程範囲外である。

その瞬間、ピノは石道から軽やかに跳んだ。

宙でくるりと一回転しながら、人差し指を向けて「バーンッ！」と演出する。

「ＳＮＳの紹介はお預け！」

「……っ！」

ファザコン第二席は見た。

ピノが上空に駆け上がった石道のカーペット……その裏側から、にょきっと無数の突起が生まれるのを。

次の瞬間、石の弾丸が降り注いだ。

ファザコン第二席の結晶が砕かれ、ピノに得点が入る。

ステージに降り立つと、バッと両腕で万歳した。

「うち、最高にビューティフォーッ！」

最高にお調子に乗った感じで、ピノはその後も得点を重ねて勝利に至った。

なお数日後にＳＮＳは更新され、無事にパパは紹介され、い、い、る側へと至ったのは別の話である。

第4戦
北海道校・第十席──『金科玉条』
ＶＳ
別府校1年・第二位──『王道唯我』

北海道校の実質的なナンバー2、金科玉条は機嫌が悪かった。

自身が徹底的に育て上げた代表メンバーが、別府校の1年に手玉に取られて終わったのである。

これでは希望の光たる瑠々音に合わせる顔がない。

「……が、それもここまで。ボクが完勝し、別府校の希望を叩き折る！」

競技用のゴーグルを装着して、万全の状態でステージに歩み出た。

そんな金科玉条に相対するのは予定通り……。

「あーあ。相手さん、やる気満々で困るッスねえ」

別府校のヘラヘラボーイである。

ダガーと呼ばれる短剣型の蒼い聖剣を、ゆるーく構えた。
日本の英雄、王道楽土の第三子……ということで会場がざわつく。
しかし次には、業界人の中で不穏な囁きが流れ始めた。
『あの三男坊……？』
そんな空気の中、競技開始のブザーが鳴った。
金科玉条は、速攻で決めにきた。
対して唯我。
正面から聖剣で受け止めようとする。
金科玉条の聖剣〝絶〟の『斬撃透過』によって、その刃は防御をすり抜けた。
「ハッ！　王道楽土の息子、この程度か！」
あっさりと結晶は砕かれた。
鋭い攻撃に、会場が沸く。
しかし唯我は平然としたものである。
「へー。これが『斬撃透過』。すげえさあ。……これ、金儲けに使えないッスかね」
とか呟きながら、定位置に戻る。
その様子を眺めながら、得点を獲ったほうの金科玉条が戸惑っていた。
（やけに覇気のないやつだな。本当に代表メンバーか……？）

競技は、ずっとそんな感じで進んだ。

後ろに逃げる唯我を追い詰め、『斬撃透過』で止めを刺す。

横に避ける唯我の脚を払い、柔道の崩しで組み伏せる。

しかし順調に得点が積まれていく中、金科玉条は困惑していた。

（なんだ、こいつ……）

そしてまた、金科玉条が結晶を砕く。

その違和感は、無視できないほど大きくなっていた。

（この王道唯我という男、異常に剣術が弱い……っ！）

弱いと言っても、世間的にはそこそこの使い手……まあ、いいとこ『中の中』という感じである。極めて平凡だ。

本来、この決戦セレモニーに出場するのは未来の日本のスター候補である。

ピノのような戦闘スタイルならともかく、剣術のレベルがこの程度というのは割と致命的であった。

とにかく王道唯我。

王道楽土の息子ということで、業界では少しだけ有名人なのだ。

ただしそれは『王道楽土の息子なのに剣術が下手くそ』という、負の理由であった！

やがてスコアは0―19。

唯我は1点も取れずに、金科玉条の王手となった。

名誉を取り戻したい金科玉条にとっては、あの王道楽土の息子に完封というのは願ってもない結果である。

……だが、この男も大概に熱血野郎であった。

「貴様、ふざけるのもいい加減にしろ！　まさか我が北海道校を馬鹿にしてるんじゃないだろうな⁉」

その剣幕に、観客がビビるくらいだった。

しかし唯我は、いつもの涼しい顔でマフラーを巻き直す。

「いえ。全然、馬鹿にしてないッス」

「……💢」

競技再開のブザーが鳴った。

金科玉条が「これで終わりだあ――っ！」と突っ込んでくる。

もはや唯我の身体能力は見切った。

聖剣〝絶〟による攻撃で仕留める腹積もりのようだ。

しかし……。

「残念！　チェックメイトさあ！」

唯我が聖剣を、ステージに突き刺す。

その瞬間——真っ蒼な輝きがステージを覆った。

唯我の結晶に届く寸前で、剣身がぴたりと止まる。

金科玉条は剣を振る体勢のまま、その場に硬直していた。

（な、なんだ？　金縛り？　いや、この芯から凍えるような寒さは……？）

眼前の唯我が、ゆっくりと射程外へと下がった。

そして普段通りのヘラヘラした笑顔で言う。

「やー、危ねえ危ねえ。もう一手速かったら、オレくんの負けだったさあ。……でもスミマセン、時間切れッス」

時間切れ？

疑問を口にすることもできずに、金科玉条は視線だけを動かす。

唯我のダガー型の聖剣が、蒼い輝きを放っていた。

同じ色で輝くステージ全体が、凍えるような冷気に覆われている。

効果が表れるまで非常に時間がかかるが、その冷気に搦め捕られてしまえば脱出は不可能となる。

聖剣から発する冷気を周囲に蓄積し、戦闘相手を緩やかに行動不能へと誘う剣技。

第一覚醒『極寒蜘蛛』。

――聖剣〝スノードロップ〟。

金科玉条と肩を組むようにして、唯我は耳元で囁いた。

「バトルスーツ着てるんで死ぬことはねえけど、無理に身体を動かすと割れるさあ」

「……っ⁉」

金科玉条の棄権によって試合は終了した。

結果、唯我は『得点0』の逆完封での勝利となる。

担架で運ばれていきながら、金科玉条が呻いていた。

「な、なぜ今年の別府校の一年は、すでに覚醒を開けてるやつがホイホイいるのだよ⁉」

「さあ？　そういう時期じゃねえッスか？」

「まとめて北海道校にこい！　ボクが育ててやる！」

「いや、結構でさあ……」

唯我はマフラーを巻き直すと、やれやれと肩をすくめた。

控えの席に戻ってくると、識とタッチを交わして隣に座る。

「唯我。相変わらず、すごい剣技だな」

「オレくんも、もっと普通に勝ちてェッスけどねえ」

「入学した頃より強くなってるじゃないか」

「その十倍のスピードで強くなってる人に言われたくないッス。あの金科玉条って人、めちゃ強かったさあ。一週間前、アレに勝ったとか識くんバケモノでは？」

「あれは力試しみたいなものだったからな……」

とはいえ、今日はそれ以上の怪物に勝利するのが目的なのだ。

識が立ち上がると、唯我が背中を叩く。

「オレくんにタダ働きさせたんだし、あとはバシッと勝つッス」

「おう。ありがとな」

識はステージに歩み出た。

そこにはすでに、瑠々音が立っている。

先ほど世界最強の剣星を下した存在が、じっと識を見つめていた。

⚔⚔⚔

観客席の関係者エリア。

そこに陣取るのは、この三校交流会の運営責任者である心愛だ。

先ほどまで学園OB会への説明に駆り出され、やっと観戦できるようになった。

モニターに映された団体戦の経過を見て、機嫌よさそうに笑う。

「やー、すげえ、すげえ。1年だから相手に情報漏れてないにしても、これは想定以上だ。正直、もうちょい苦戦するかと思ったんだがな」

それから「こりゃOB会はお顔真っ赤だろうなー」とキャンディを舐めていると、断りなく隣に座る女性がいた。

ラディアータであった。

普段、この学園で教鞭を執る際のスーツ姿である。

心愛はキャンディを差し出しながら、茶化すように言った。

「お、トラブルメーカー。よく顔を出せたな」

ラディアータはフッと微笑んで、優雅に髪をかき上げる。

「世界最強の剣星は、勝っても負けても目立ってしまうからね」

「うわ、普通に元気になってんじゃん。もっと落ち込んどけよ。つまんねえなー」

「フフッ。少年が私のために戦うというんだ。こんなに嬉しいことになるなら、一回くらい負けてみるものだね」

「なんかおめーらのイチャつきのネタにされたみたいで気に食わねえなー」

白々しい態度に、ラディアータはため息をつく。

「それを言うなら、心愛さんも同じだと思うけどな。まさかきみに限って、少年の健気な純情に心を打たれたってわけでもないでしょ？」

「んなことねーよ？　あいつ見てると、応援したくなっちゃうよなー」

ラディアータが笑顔を向ける。妙に迫力があるというか……笑っているのに笑っていない雰囲気である。

……心愛は肩をすくめた。

「わーは卒業後、別府校に就職決まってんだよ。この学園の将来は、そのままわーの将来に直結するってわけ」

「いよいよ、わからないな。それなら、なぜこんな危険な賭けをするの？」

心愛がしたことは、この学園に対する裏切りに等しい。

客観的に見て、識が勝つ可能性は極めて低いのだ。

学園に仇なそう……という様子でもなく、無理やりこのマッチングを実現する意味が、ラデイアータには理解できない。

しかし次の心愛の問いで、ラディアータにもピンときた。

「おめーから見て、今の別府校をどう思う？」

「……なるほど」

ラディアータも、この学園で特別講師として教鞭を執る身である。

当然、2、3年生も指導する機会はあった。

その上で率直に言うならば……。

「この学園には、スターがいない」

心愛はうなずいた。

聖剣学園第三高等学校——縮めて聖三。

かの英雄・王道楽士の母校にして、優秀なプロ聖剣士を輩出する名門校。

……と言われて久しい。

王道楽士が現『剣星二十一輝』として活躍しているからこそ体裁を保っていられるが、実際のところ後継者と呼ばれるほど大成した聖剣士がいないのは事実である。

現3年生の、生徒会長・副会長のコンビが近しいところにあったが……しかし不運な出来事があり、今では両者は大きく後退してしまった。

「北海道校の瑠々音のように、この学園にも新しいスターが必要だ。今年がチャンスなんだ。

1年生の中で、すでに覚醒を開けてるやつが5人もいる年はそうそうない。その中でも阿頼耶識はとびきりだ。なんせ世界のラディアータが魅了された新星なんだからよ」

心愛の言葉は、次第に熱を帯びていく。

すでに世界の舞台で戦う瑠々音という聖剣士を、踏み台としか考えていない様子だ。

それだけの価値があると、識に何かを感じているのだろうか。

ガリッとキャンディを齧ると、眼下のステージ上にいる識へと檄を飛ばした。

「さあ、ここで成ってくれよ。この学園の新しいスターにさ！」

✕✕✕

最終戦

世界ランク76位――『春風瑠々音』

VS

別府校1年・第一位――『阿頼耶識』

ステージ上では、識と瑠々音が対峙していた。

アナウンサーの実況が、会場を盛り上げていく。

『午前中のラディアータ敗北の衝撃も冷めぬ中、その弟子が春風瑠々音へリベンジマッチを決行する！　勝てば北海道校への転入は阻止、負ければ日本トーナメント出場権を無期限に剝奪！　あのラディアータの愛弟子の伝説は……始まる前に終わってしまうのか⁉』

聖剣演武。

この『後には引けねえ闘いだぜ！』って感じの演出が非常に盛り上がる競技である。

海外の公式大会でも、この手のプレイヤー同士の賭けはよくあるのだ。

それはこの決戦セレモニーでも同様で、観客や業界人は大いに楽しんでいた。

瑠々音はしおらしい様子で、しくしくと泣き真似をする。

「識ちゃん。そんなに北海道校にきたくないの？　お姉ちゃん、悲しいな……」

「瑠々姉には悪いとは思ってる。でも……ん？」

ふと識の視界の隅で、ピノが手を振っていた。

なんだ……と思っていると、背中から四角い自由帳を取り出す。

それを開くと、こう書いてあった。

『もっとハキハキと！　テレビのカメラ意識して！』

カンペであった。

さすがジュニアリーグでぶいぶい言わせていた女は、盛り上げ方をわかっている。

識が微妙すぎる気分で戸惑っていると、ページがめくられた。

『俺はラディアータを世界で一番、愛している！』

言えるわけねえだろ、と識は素直に思った。

いやまあ、普段から恥ずかしげもなく言っている男ではある。

しかしそれでも思春期男子、ここまでテレビカメラを意識させられて言えるほどの度胸は持ち合わせていない。

（余計なことを……）

識は小さく『×』を作った。

するとピノが、指を上に向ける。

それを辿って視線を上げると——ちょうど関係者席に座るラディアータと目が合った。

そのラディアータは「ん？」と何かおかしいのに気づき、身体を乗り出すように下を覗き込んだ。

ピノのカンペを目にすると「ふむ」と考える。

ぐっと親指を立てた。

笑顔のゴーサインである。

識は喀血しそうになった。

（ラディアータ……っ！）

さすがに愛する師から「それいいね！」と言われてしまえば逆らえない。

（これはプロになる訓練！　これはプロになる訓練……っ！）

顔を真っ赤にしながら、やけくそ気味で言い放った。

「俺は！　ラディアータを世界で一番、愛して……いる……」

後半の声が小さくなる識であった。

しかしばっちりマイクが拾っており、こっ恥ずかしい愛してる宣言が会場を沸かせた。

特に女性観客が楽しそうに黄色い歓声を送る。

男性観客のほうからは、少しブーイングが多めであった。

（き、消えてしまいたい……）

まだ競技が開始していないにもかかわらず、識はすでに消耗していた。

ラディアータはというと、ほくほく顔で周囲からのインタビューに答えている。

そして元凶たるピノの評価は……。

『まあ及第点かなー？　もっと迫真の演技ほしいよねー』

審査が厳しすぎる……と識は泣きたくなった。

すでにシリアスが消失したステージで、対峙する瑠々音は不機嫌そうである。

「ふうん？　そうなんだ？」

唇に指を当て、識をじっと見つめる。

聖剣〝ラヴソング〟を顕現した。

そして右手を挙げて、戦闘態勢を取る。

「いいわ！　欲しいものは、力ずくで手に入れる！」

非常に女王様な宣言によって、会場がわあっと歓声に包まれた。

「瑠々姉。俺は勝つ！」

識も聖剣〝無明〟を顕現すると、その場で居合術の構えを取った。


同時に、競技開始のブザーが鳴る。


先に動いたのは識であった。

聖剣〝無明〟の抜刀による、視認できない遠隔斬撃を放つ。

この立ち上がりの速さを活かした超先制攻撃により、瑠々音の聖剣〝ラヴソング〟の能力を封じようという作戦であった。

本来なら、正統派で有効な一手。

瑠々音の聖剣〝ラヴソング〟の付与効果の強さは、歌唱時間の長さに比例する。

つまり速攻タイプを相手にすると、満足な成果が出せないまま終わる可能性もあるのだ。

――が。

識の一撃は、瑠々音の脇を逸れて背後の地面を抉った。

最大のチャンスを逃したのだ！

このケアレスミスは痛い。

これに驚いたのは、ピノたち1年生組であった。

「アラヤっち⁉」

「バカヤシキ！　なんで外してんだよ！」

識の遠隔斬撃の正確さを知るがゆえに、何が起こったか理解できない様子だ。

しかし唯我だけが、その理由を的確に悟っていた。

「そういえば識くん、テレビカメラの前で競技するの初めてッスね……」

「「……っ⁉⁉」」

先ほど会場を盛り上げようと、ピノが悪戯したのが裏目に出た。

それでなくとも、この会場には大勢の一般人、そして業界人が押しかけているのだ。

この「ちゃんとプロっぽく観客を楽しませなければ……」みたいな雑念のせいで、動きがガタガタであった。

(ここから、どうやって盛り上げれば……でも変なこと言ったら、ラディアータに迷惑がかかるし……でも……)

競技に集中できていない。

その隙に瑠々音は、聖剣〝ラヴソング〟によってムーディな音楽を奏で始める。

「ふうん？ 遠隔斬撃は確かに強そうだけど、そんなに緊張してちゃ怖くないわ！」

世界の歌姫と呼ばれるほどの美しい歌声を披露する。

ラディアータ戦で見せた、相手にデバフを与える新譜であった。

(し、しまった！)

識は慌てて、第二の遠隔斬撃を放った。

しかし焦ったせいで、一撃めよりも大きく逸れて明後日の方向へ飛んで行ってしまう。

そしてこの二撃めのミス……これが致命的な隙を生んだ。

——聖剣〝ラヴソング〟。

音楽によって暗示をかけ、様々な効果を付与する能力。

それはいくつか条件が存在し、暗示の強度や効果時間に差が出る。

その条件の一つに『効果の発生速度は、瑠々音への好感度に依存する』というものがあった。

早い話、瑠々音に心を開いている者ほど効果が出やすい、ということである。

この条件があるため、普段は『自身を強化して闘う』という手法を取っていた。

好感度が未知数である対戦相手に効果を付与するよりも、効率がよく確実性もあるという判断だ。


ほぼ初対面に近いラディアータへは、諸々の仕掛けを施したうえで、ようやく飛剣の操作を1本だけ狂わせる程度。

しかし今回の相手は、幼い頃に可愛がっていた識である。

そして識のほうも、ラディアータを巡るトラブルがあったとはいえ、瑠々音のことを実の姉のように慕っていたのは間違いない。

この差が、如実に出た。


——識がステージ上で動きを止めた。


二撃めの抜刀の後。

まるで糸の切れた人形のように、その場に倒れ込む。

会場がどよめいた。

微動だにしない識に、慌てて審判が駆け寄る。

バトルスーツに表示されたバイタルは正常。

その判断は『命に別状なし。続行』であった。

聖剣演武は結晶が砕かれるまで、基本的に競技続行が優先される。

この状況では、瑠々音の判断がすべてを握っていた。煮るなり焼くなり禁断の弟くんにしちゃうなりお好きにどうぞって感じである。


そんな識に対し、瑠々音の取った選択は——さらなる暗示の付与であった。


結晶を砕けば、インターバルに入る。

その間、音楽は停止しなければならない。

となると競技再開までに、付与効果がリセットされる恐れもあった。

次のターンで対処されては困るのだ。

確実な勝利のため、ここで深く暗示をかける選択は間違っていない。

自分へ反抗できなくなるように、無意識に根深く残る暗示を……。

(ごめんなさい。これが識ちゃんのためだから……)

この三校交流会が始まって、何度めのことか。

誰に向けたかわからない言い訳を、瑠々音は心の中でつぶやいた。

だが。

この客観的には正しく見える選択が、致命的なミスに繋がっていることを瑠々音は知らなかった。

⚔⚔⚔

気が付くと、識は眩しい太陽の注ぐ場所に立っていた。

先ほどまで聖剣学園の訓練場にいたはずだが……。

(ここは……?)

野外だった。

田舎町の道路。

そこに識は、ぼんやりと立ちすくんでいた。

暑い夏の日だった。

じわじわとコンクリートを焼く陽の光が、識を焦がしていた。

周囲の光景が、どこか蜃気楼のように揺れている。

(なんか見覚えのある場所だけど……ん?)

通りの向こうに、武道の道場があった。

聖剣演武の隆盛と共に起ち上げられた総合格闘術。

幼馴染の乙女の祖父が師範を務めていて、識もそこで剣道を習った。

（なんでここに……？）

ぼんやりと思い出してきた。

自分は瑠々音の聖剣〝ラヴソング〟によって、暗示をかけられたはず。

もしかして暗示が続いているのだろうか。

蜃気楼のように曖昧な風景が、どんどん鮮明になっていくのを感じた。

（……暗示が深くなっているのか。マズいな）

解き方を探さないと……と周囲を見回す。

とりあえず、目の前の武道場を調べることにした。

夏の昼間だ。

ドアも窓も開放されていた。

そこから、そーっと覗いてみる。

小学生くらいの子どもたちがいた。

男子たちが数人で、１人の黒髪の少年を囲んでいるようだった。

（あれは……俺か……？）

夏休みの頃、乙女の道場で懐かしい写真を見たおかげで理解するのが早かった。

これは識が幼い頃の記憶だ。

識は聖剣が宿らなかった。

みんなが10才になって、各々の才能を手に入れていく中、1人だけ異端だった。

乙女やその祖父たちのように、優しく受け入れてくれる人が多かったのは幸福だ。

……でも、全員がそうだったわけではない。

同じ道場で、聖剣が宿らない識に対して露骨に優位性を示してくる子どももいた。

そんな子たちに囲まれて……。

『おまえ、聖剣ないのに生意気なんだよ』

『世界グランプリなんて出れるわけないじゃん』

『ちょっと師範に褒められたからって調子乗んなよ』

みたいな言いがかりに近い因縁をつけられては、自尊心をへし折られていた。

そんなとき、決まって助けてくれたのは瑠々音だった。

『やめなさい！』

そのときもまた、幼い瑠々音が助けに入ってくれる。

その頃から、すでに瑠々音は武術の才能を見せていた。

『練習サボってるのが悪いんじゃない。識ちゃんは毎日、休まず稽古してるわ。文句があるなら、わたしが相手になるわよ！』

その一喝で、子どもたちは逃げて行った。

幼い瑠々音が、幼い識の頭を撫でながら言う。

『聖剣がなくてもいいじゃない。識ちゃんは剣道が上手なんだし、聖剣演武にこだわることないわ』

『でも、僕はラディアータと……』

『ラディアータとの約束は、お姉ちゃんが代わりに果たしてあげるわ。だから識ちゃんは、あんな危ないスポーツしちゃダメよ？』

『…………』

幼い瑠々音は、本当の姉のような優しさを向けてくれた。

『お姉ちゃんが、ずっと守ってあげるからね。だから、ずっと一緒にいようね』

幼い瑠々音はそう言った。

それに対して、幼い識は少しだけ迷って……。

『うん。瑠々姉と一緒にいる』

そう答えていた。

結局、翌年には瑠々音は、柔道家の両親の都合により引っ越していった。

……その見送りのとき、識はどうしても言いたかったことがあった。

でも言えなくて、口をつぐんでしまった。

だって自分には聖剣がないから。

強くなるための資格すらなかったから。

瑠々音のような才能ある人間に、そんな偉そうなことを言えなかった。

かつてラディアータに「おまえを倒す！」なんて啖呵を切ったくせに、このときはすっかり小心者だった。

瑠々音が守ってくれるというなら、それが正しいことなんだろうと思ってしまった。

どんどん周囲の光景が、鮮明になっていく。

そして現実になっていく感覚があった。

この風景と同化して、この暗示の世界の住人になったら、きっと学園で瑠々音と闘っている自分も染められてしまうのだろう。


それは、すごく心地よいことだと思った。


現実は残酷だ。

聖剣〝無明〟を手にしても、相変わらず識には聖剣が宿らない。

たとえ学園の猛者たちと闘い、認められたとしても、それは所詮、借り物の力に過ぎなかった。

2年後、世界グランプリに出られなかったら？

もし聖剣〝無明〟を手放さなくてはいけなくなったら？

所詮、偽物だ。

偽物だけど、本物になりたくて足掻いてきた。

だけどそれは恐ろしく険しい道で、奇蹟に奇蹟を重ねて、ようやく実現できる夢物語。

失敗が怖い。

それまで積み上げたものが壊れるのが怖い。

それなら、最初から挑戦しなければいいんじゃないか？

ここで瑠々音に負ければ、その大義名分ができる。

逃げたんじゃない。

挑戦して、失敗したから、しょうがない。

瑠々音が守ってくれる。
きっとそれは安全で、安心できる世界なのだろう。
頂きの景色は、瑠々音が見せてくれる。

――と、識は自分の両頬を引っ叩いた。

鋭い痛みに、意識が戻る。
(危ない。これが瑠々姉の暗示……っ！)
顔を上げた。
乙女の道場で、幼い識が瑠々音に手を引かれていく。
幼い識は、チラチラとこちらを振り返っていた。
幼い瑠々音が笑顔で話しかけている。
『どうしたの？　何か怖いことあった？』
『…………』
幼い識が、諦めるように視線を下げた。
識は慌てて、窓から入ろうとする。
でもそれ以上、前に進めない。

何かに押し返されるのを、必死にもがいた。

それでも進めなくて、声を張り上げる。

「顔を上げろ!!」

幼い識が、ハッと顔を上げる。

こちらを見て、助けを求めるように手を伸ばした。

でもそれは幼い瑠々音によって、手を引かれて止められる。

「言えっ!!」

識は通れない窓に飛び込もうともがきながら、さらに叫んだ。

「本当は、立ち向かいたかった!!」

幼い識が、幼い瑠々音の手を振りほどいた。

そして幼い瑠々音に対して、大きく口を開ける。

「本当は、自分の力で抗いたかった!!」

その瞬間、周囲の景色がぐにゃりと歪んだ。

——蜃気楼のように曖昧な世界が、さらに混ざり合って消滅した。

⚔⚔⚔

要は相互理解の欠如であった。

聖剣〝ラヴソング〟の扱いが難しいところは、精神という繊細なものを対象にすること。

多少の強化やデバフといった効果を出すのは比較的、容易であろう。

しかし今回のように相手の意識を根底から染め上げるような高等な暗示は、対象の精神構造を正確に把握していないと難しい。

もし瑠々音が、識という人間の本質を理解していれば、結果は違ったかもしれない。

優しい支配は、識には相容れないものであった。

識にとって必要なのは、いざというときに尻を叩いてくれる相手。

たとえば「3年で世界を獲れ」なんて無茶振りは、識にとっては最高に燃えるオーダーなのである。

かつてラディアータが表現した『逆境でこそ輝く大輪の華』という言葉は、意外にも的を射ていた。

――識が目を覚ました瞬間、瑠々音の聖剣が眼前に迫っていた。

普段、ラディアータとレッスンしているときよりもはるかに劣る剣筋。

神がかった反応速度によって、識はそれを回避した。

転がりながら距離を取り、素早く立ち上がる。

聖剣〝無明〟を鞘に納めると、間を置かずに再び神速の抜刀を放った。

鋭い遠隔斬撃が、瑠々音の結晶を真っ二つに割った。

怒涛の歓声が巻き起こる。

いくら識のリベンジマッチが話題を呼ぼうと、所詮は無名のアマチュア聖剣士。

下馬評では、間違いなく瑠々音の圧勝のはずであった。

しかし紆余曲折があったとはいえ、先制点を取ったのは識である。

「……な、なんで？」

瑠々音が呆然と、縋るように聖剣を握る。

識はその瞳をじっと見つめ返し、はっきりと言った。

「確かに瑠々姉の言うことは正しいよ。世界のプロたちと比べれば俺はちっぽけだし、この力も偽物だ。挑戦しても、きっと失敗する。——でも、それでも俺はやりたい」

聖剣〝無明〟を鞘に納めると、ふうっと息をつく。

「自分で納得できなきゃ、終われるわけない。人に言われてやめるくらいなら、最初から始めてないんだ」

競技再開のブザーが鳴った。

瑠々音が聖剣〝ラヴソング〟を構え、デバフ効果の歌を奏でる。

「なら、ここで識ちゃんを倒して——わたしが、終わらせる！」

聖剣〝ラヴソング〟の発動条件の一つ。

一度、暗示にかかれば、二度めはさらにかかりやすい。

識の右腕の制御を奪い、抜刀を封じるのが狙いであった。

精神を根底から支配するよりも、効果を限定することで発動を早める思惑である。

その狙いは正しい。

——が、それよりも識の抜刀が速かった。

ブザーと共に聖剣〝無明〟を抜き放つと、同時に軸足をまっすぐ立てて回転する。
簡単に言うと、抜刀しながらその場で一回転したのだ。
すると何が起こったのか。

会場が無音に包まれた。
瑠々音の聖剣によって発せられたはずの音楽が、観客の歓声ごと消えたのだ。
聖剣〝無明〟の真の能力は『空間圧縮』。
対象との間の空間を喰らうことで、さも斬撃が飛ぶかのような現象を引き起こす。
それを今回は、全方位に放った。
すると空間ごと音が喰われたのである。
そして識は、聖剣を真上でぴたりと止めた。
剣道でいう上段の構えを取る。
「瑠々姉。俺を終わらせられるのは、俺だけだ」

聖剣〝無明〟を、まっすぐ振り下ろした。
その刀身が、純白の雪のように煌めく。
第一覚醒『無限抜刀』によって火花が散り、最速の遠隔斬撃が襲った。

しかし剣筋が正直すぎた。
あまりに真っ直ぐ振り下ろされるために、遠隔斬撃の到達点を容易く予測できる。

瑠々音はとっさに、左胸の結晶を腕で庇った。
衝撃が襲い、後方に吹っ飛ばされる。
だが結晶は無事であった。
瑠々音が勝利を確信し、聖剣〝ラヴソング〟を構える。
「残念！　識ちゃんには、わたしは倒せないわ！」
そして識へと斬りかかった瞬間——。

なぜか自身の聖剣で、自身の結晶を叩き割っていた。

瑠々音は困惑した。

「……っ⁉」

そこでようやく、自身の右腕が思い通りに動かないのに気づいた。

いや、思い通りに動かないというよりも……誰かに操作されているような奇妙な感覚。

一瞬で消えたが、この違和感は覚えがある。

「これは、まさか……」

識は聖剣〝無明〟を鞘に納め、その疑問にうなずいた。

「瑠々姉の聖剣のデバフ効果を返した」

――聖剣〝無明〟。

第三覚醒『無限支配』。

聖剣〝無明〟の空間圧縮により取り込まれた相手の聖剣能力を支配下に置く剣技。

物質を介さない能力限定ではあるが、相手の能力を己のものとして斬撃に乗せることができる。

一学期の中間考査で唯我の覚醒『極寒蜘蛛』を打ち破るために開放され、識を1年の第1位に押し上げた剣技である。

識の瞳は、爛々と輝く。

先ほどまで周囲の視線や雑念に戸惑っていた様子は、もはや欠片もない。

ただ眼前の瑠々音に打ち勝つことしか頭になかった。

「何度でも返す。もう瑠々姉の剣技は意味をなさない」

「……っ！」

瑠々音はぎりっと歯を食いしばった。

スコアは２―０。

たった2点差ではあるが……その点差には、決定的な相性の悪さが表れている。

瑠々音の圧勝ムードは、いつの間にか消えていた。

✕✕✕

観客席。

ラディアータは珍しく呆けていた。

「……これは、決まったね」

ちょっと信じられないという様子だ。

いや、識の勝利を疑っていたわけではない。

聖剣〝無明〟の『無限支配』があることを考慮すると、副会長の心愛が識を瑠々音へぶつけたのも納得はしていた。

ただ自身が負けた相手を、こうもあっさり打ち破られると、ちょっと師匠としての立つ瀬がないのである。

隣に腰掛ける心愛は、キャンディを齧りながら「ハッ」と天井を仰いだ。

「とはいえ、アレは正直、阿頼耶識のアホみたいな神速抜刀があってこそ成立する力業だからなー。瑠々音の音速のデバフ効果を速度で打ち破るとか、おめーの教育どうなってんの？」

「フフッ。そんなに賞賛されると照れるね」

「いや褒めてねーよ。脳みそ筋肉でできてんじゃねえだろーな？」

最高にどやっているラディアータは、安堵のため息を漏らす。

「でも、後は消化試合かな？　聖剣を封じられた以上、瑠々音さんに戦況を覆す手段はないと思うけど」

「…………」

心愛がため息をつく。

「ったく。ラディアータ、マジで言ってんじゃねえだろーな？　おめー、さっき鈍ってるの自覚させられたんだろ？」

「え？」

心愛は真剣な表情で、ステージ上の瑠々音を見つめる。

「この程度で、瑠々音は終わらない」

「でも瑠々音さんの試合データじゃ、これ以上のものは……」

「そりゃあいつのプロ聖剣士としてのキャラ作りのためだ。あいつは根が真面目だから、スポンサーとの契約とかちゃんと守って歌姫のイメージ優先でやってるんだよ。『剣星二十一輝』に選出されるためには、人気も重要だからな」

「普段は本気じゃないってこと？」

「いや、本気は本気だけど、なんつーか、こう、自然体ではないというか……」

心愛はまどろっこしそうに、くしゃくしゃと頭を掻いた。

「ありゃ1年の頃だった。学園の練習試合で一度だけ、すげえテンション上がってさ。わーもやられたことがある。仮にアレを持ちだしてきたら……」

……と、まるでフラグのように言う視線の先。

瑠々音のある行動に、心愛は顔を真っ青にした。

「あ、やべーかも……」

⚔⚔⚔

もはや瑠々音の聖剣は封じられた。
識の一方的な試合になるのは火を見るよりも明らか。
心なしか、北海道校のファンクラブも元気がなかった。
そんな中……。
瑠々音が手を振ると、聖剣〝ラヴソング〟が消失する。
ゆったりとまとめていた黒髪を、ぎゅっと結び直した。
そして、ゆっくりと深呼吸する。
両腕をだらりと下ろした自然体で、じっと識を見つめた。
「きなさい。お姉ちゃんが、稽古つけてあげるわ」
「……っ！」
識はその意味を察した。
一転、険しい表情で聖剣〝無明〟を構える。
競技再開のブザーが鳴った。

識は抜刀し、遠隔斬撃で結晶を狙う。

対して瑠々音。

左胸の前で両腕を交差させ、結晶を守った。

歌うことをやめ、防御に徹する瑠々音の安定感は先ほどの比ではない。

識の遠隔斬撃は、実質的に封じられる形となった。

（瑠々姉と本気の接近戦……やるしかない！）

識の判断は早かった。

聖剣〝無明〟を抜いた状態で、瑠々音へ向かって駆けだした。

自身の2点リードを、捨て駒として使うことを決めたのである。

「そう。それでいいのよ」

瑠々音も同時に、距離を詰めた。

2人はステージの中央で肉薄すると、同時に駆け引きを開始した。

まず瑠々音が速かった。

右手で攻撃すると見せかけ、左手で識の襟元を掴みに行く。

……と見せかけて、識の浮いた前足を鋭く払った。

「しまった……っ！」

識のバランスが崩れた瞬間、バトルスーツの襟元を掴まれた。

とっさにその腕を払いのけようと掴むが……。

「は、離れない……っ！」

まるで鋼か何かでできているのではないか。

そう思うほどに、襟元を掴む瑠々音の握力は強固であった。

後は体重を乗せた抑え込みで、いともたやすく組み伏せられる。

そして瑠々音の手に、聖剣〝ラヴソング〟が顕現する。


もののの数秒で、識の結晶が叩き割られた。


瑠々音のファンクラブが、大きな歓声を上げた。

識を引き上げながら、瑠々音は不敵に笑う。

「温いわね。ラディアータ・ウィッシュは、接近戦は教えてくれなかったのかしら？」

「うぐ……っ」


剣道三倍段、という言葉がある。

ざっくり説明すると『素手の武術者が、武器を持った武術者に勝つには、その三倍の段位が必要』というものだった。

つまりそれだけ、武器を持つ者を素手で倒すのは難しいことなのである。

しかし瑠々音。

間違いなく、新世代の天才の1人である。

少なくとも剣術においては類稀な能力を持つ識を相手に、ここまで圧倒するのはさすがとしか言いようがなかった。

5分のインターバル。

識がステージ脇に行くと、ピノがスポーツ飲料水を差し出してきた。

「アラヤっち。大丈夫……？」

「ああ。ありがとう」

それを飲みながら、瑠々音を見つめる。

「てか、聖剣使わないってアリなん……？」

「国際ルールで禁止されてるわけじゃないけど、プロシーンではあまり歓迎されないかな」

聖剣演武は、あくまで聖剣を使った興行スポーツである。

勝敗以上に派手さが人気に繋がる傾向もあった。

ピノのように他のスポーツの型を取り入れた聖剣士も多いが、あくまでそれは聖剣の能力を発揮するために使われる場合が多い。

しかし瑠々音は違った。

四肢をフルに使う柔道の天賦を授けられた彼女は、聖剣を持つことによって身体能力を制限することになっていた。

「本来、瑠々姉にとって聖剣演武の文化は窮屈なんだよ。昔から、聖剣なしで戦うほうが強かったし」

「ええ。それなのに、なんで聖剣演武を選んだの？　そりゃ今では、どのスポーツよりお金が動くけどさー」

「いや、お金とか名誉じゃない」

先ほどの暗示の世界。

あれはフィクションではない。

実際に、幼い頃にあったことだ。

それを見せられて、識はようやく思い出していた。

「聖剣が宿らなかった俺の代わりに、頂きの景色を見せてくれようとしたんだ」

スポーツ飲料水をピノに返した。

識はゆっくりと定位置に歩み出る。

瑠々音はすでに、その自然体の構えで戦闘態勢に入っていた。

識は接近戦に備えて、聖剣〝無明〟を抜く。

「だからこそ、瑠々姉には勝たなきゃいけない……っ！」

競技再開のブザーが鳴った。

今度は互いに、最初から中央で対峙する。

ゆらゆらと、瑠々音の両腕がそれぞれ別の生き物のように動く。

恐ろしいのは、右腕・右脚・左腕・左脚、そのすべてが必殺の技術を内包している点であった。

瑠々音の高度なフェイントに掛からないためには、常に四肢を視界に収めて注意を払わなければならない。

じっくりカウンターを狙っていたら、そのまま喰われる。

（こちらから仕掛ける！）

識は聖剣〝無明〟で斬りかかった。

ゼロ距離での神速の太刀筋を、瑠々音はいとも簡単に見切った。

しかし識も避けられることは想定済み。

鋭く返す刀で、まずは体勢を崩す。

……と、想定していたが。

「甘いわ！」

がら空きになった識の顔面へと、瑠々音の鋭いハイキックが入った。

「……っ⁉」

柔道。

主に投げ技、組み技において相手を制することに主眼が置かれる格闘術。

足技は払うために使われ、このように打撃によってダメージを与えることはルール違反となっている。

が、これは異能総合格闘技の頂点『聖剣演武』。

柔道のルールに縛られる必要はないのだ。

瑠々音のような鋭い足技を持つアスリートからすれば、それは打ち方を変えるだけで効果を変えることができる。

これまで世界であらゆる分野の猛者たちと戦ってきた瑠々音なのだから、多種目の技術を内包していてもおかしくはない。

識が怯んだ隙に、聖剣〝ラヴソング〟を顕現して結晶を叩き割る。

スコアは2―2。

2点のリードは、こうして消えた。

瑠々音は蹴りを放った足首を回して、ストレッチしている。

「これは2年後の世界グランプリまで使わないつもりだったけど……」

いよいよなりふり構わぬ瑠々音の鬼気迫る態度に、観客席のファンたちが圧倒されていた。

静かに相手を威圧する武術の極み。

瑠々音がここまで強烈な我を見せるのは、非公式の試合を含めて初めてのことである。

何より……。

「アラヤっち！　鼻血！」

ピノの呼び声に、初めて識は自分が鼻血を出しているのに気づいた。

タイムアウトとなり、15分の待ち時間が設けられる。

しばらく控え選手席で安静にしていた識に、審判の男性教諭が「棄権するかい？」と聞いてきた。

ドクターストップで中止とすれば、識と瑠々音の賭けも有耶無耶にできるかもしれない。

彼の判断は正しいが……。

「やります」

「で、でも……」

「やります‼」

「ひっ」

識の頑固さも、なかなかのものであった。

競技再開のブザーに合わせて、識はステージに戻った。

「バカヤシキ、こんなとこで負けんなよ！　オレ様のリベンジで負けろ！」

「比隣くん。マジで素直じゃないッスねえ……」

仲間たちの声を背に受けながら、再び瑠々音と対峙する。

（蹴りは警戒しなきゃいけないけど、おそらく拳による打撃はないはず……）

識がそう考えるのには、理由があった。

柔道家としての瑠々音は、あらゆる技術を超高水準で会得している。

その彼女の最も恐ろしいのは摑みであった。

先ほども見せたように、彼女の握力は恐ろしく強固なものだ。

一度、摑まれれば脱出はできない。

それがあるため、体重の軽い彼女が腕で仕掛けるなら拳ではなく摑みであるという判断だった。

しかし識が鑑みるに――その摑みこそが付け入る隙である。

（大事なのは、正確にイメージすることだ）

識はふうっと息を吐く。

敬愛する師のように、相手の動きを誘導するイメージ。

このイメージを現実にするために、身体の指先までを隅々まで描き切る。

競技が始まった瞬間、すでに勝負はついているものと思え。

競技再開のブザーが鳴った。
識はステージ中央で、瑠々音と対峙する。
先に仕掛ける。
注意すべきは、瑠々音の両脚。
先ほどのハイキックもあり、どうしても意識してしまう。
そのせいで瑠々音の両手に対する意識は、やや疎かになっていた。
(……といういう風に思わせろ！)
識のほうが弱者であるがゆえに、この誘導は成功する。
瑠々音は右手で、バトルスーツの襟元を摑んだ。
引き離そうとしても、ビクともしない。
そして足技で、識の身体を崩しにきた。
その瞬間こそ、識の勝機であった。
(今だっ！)
識は全身に力を溜め、身体を捻った。

そのまま鋭い回転を繰り出し、瑠々音の掴みを強引に引き千切ったのである。
瑠々音はそれほど体重が重くはない。
その回転の勢いに呑まれ、身体が前のめりに倒れ込んだ。
接近戦において盤石であるはずの瑠々音が、初めて崩れたのだ。
その瞬間、識は渾身の一撃を叩き込んだ。
「……っ⁉」
瑠々音の結晶が、砕かれた。
本気の瑠々音から、接近戦で一本を取ったのだ。
これには観客から「おおっ……」と感嘆の声が上がった。
（よし、できた！）
識はぐっと拳を握った。
一週間、北海道校の訓練に参加した経験が活きている。
瑠々音ほどではないが、金科玉条の掴みも鋭いものだった。
その中で可能性として考えていたものが、見事にハマったのだ。
スコアは３―２。
再び識のリード。

これはただの1点ではない。
瑠々音の摑みを攻略したことで、勝利への糸口が生まれた。

競技再開のブザーが鳴り、再び中央で対峙する。

識は勝利までの戦略を、すでに何パターンも描いていた。
（次は、足技を崩す！）
瑠々音は必殺の摑みが崩されたことで、やや臆病になるはず。
となれば本命は足技で——となるのは当然だ。
しかし相互理解の欠如。
識もまた、瑠々音のことを完全に理解していなかった。
識に破られたばかりの摑みで、瑠々音が再び襟元を捉えたのだ。
ムキになったのか。
識はそう考え、必殺の回転で引き剝がそうとする。
（これで終わりだ……っ！）
が。
引き千切る寸前——今度は瑠々音が耐えきった。

回転を強引に止め、逆側に引き倒す。

聖剣〝ラヴソング〟によって識の結晶を叩き割ると、瑠々音は感情のままに声を荒げた。

「舐めるなっ!!」

「……っ!」

たかだか一度、破られたくらいで自身の技を疑うわけがない。

ただの天才ではない。

天賦の才を持つ者が果てしない修練の果てに、これほどの技術を備えたのだ。

(これが世界で戦う聖剣士……)

2年後に目指す世界グランプリ。

そういう修羅の宴であると、識は改めて思い知らされた。

識は自分の頰を引っ叩くと、再びプランを練り直す。

(こ、ここで超える!)

この瞬間が、世界で戦う資格を得るための勝負であると識は悟った。

⚔⚔⚔

観客席。

ラディアータの隣で、心愛がぼやいた。

「阿頼耶識のやつ。自分の進退も、ラディアータのことも忘れてんじゃねーか？」

「そうかもしれないね」

ラディアータは余裕の笑みであった。

その態度に、心愛は首をかしげる。

「もっと慌てたほうがいいんじゃねーの？」

「いや、これでいい。私のことなんて忘れていいんだよ」

ラディアータらしからぬ大人な発言であった。

そのことを自覚しているのか、彼女は苦笑しながら言う。

「少年が入学した頃、王道と話したことがある」

「王道？　……王道楽土のおっさんか」

あれは入学してすぐ、些細な（と思っていた）ことで初めて識がボイコットをやらかしたときだった。

「私は少年に、様々なことを教えられる立場にある。戦闘技術、聖剣演武の心得、あるいは勝つために必要な狡猾さ。レッスンだけじゃなく、私生活でもいろんなことを教えられる」

「はあ。そのラブラブ自慢がどうした？」

「それでも、一つだけ教えられないことがあるんだよ。何だと思う？」

「？　……あいつは犬っころみたいに、ラディアータの言うこと何でも聞くんだろ？　違うのか？」

ラディアータは首を振った。

「それは好敵手と剣を交える楽しさ」

識にとって、ラディアータは師匠であり憧れだ。

しかし過大な尊敬は、ときに毒となる。

どんなに本気でレッスンに取り組んだとしても、無意識に「ラディアータには勝てない」と思い込むのは仕方ない。

その唯一、識にとって学び難いものを、とびきりの経験値として持ってきたのが瑠々音であった。

「ただ目の前の天才と剣を交わす喜びに支配される。それができない者は、世界では勝てない。でもそれは、私には教えることはできない。そういう意味では、瑠々音さんには感謝してるんだよ」

そう言って、少し寂しげに微笑む。

「でも、ちょっと妬けるね」

その視線の先。

ステージ上では、闘いが終わりに近づいていた。

スコアは横並びに積まれていく。

⚔⚔⚔

識が回転で打ち破れば、足技の乱撃が獲り返す。

瑠々音の巧みな一本背負いが炸裂したかと思えば、隙を突くように遠隔斬撃が結晶を叩き割る。

(超える！　ここで超えるっ!!)

(終わらせる！　ここで終わらせるっ!!)

一進一退……もはや勝敗は誰にもわからなかった。

神速の抜刀と回転、聖剣を捨てた柔道。

聖剣演武の競技としては、恐ろしく地味な絵面であった。

それでも観客は、その戦いの行方を見守っていた。

次第に歓声は少なくなっていく。
息を呑み、じっと食い入るように見つめる。

そんな中。
瑠々音の脳裏には、どこか懐かしい景色が思い出されていた。

茹だるような、暑い夏の日だった。
それは昔、まだ自身が小学生の頃のこと。
たった1年だけ過ごした、田舎町の風景だ。

——地位も名誉も恣にした天才が、初めて無力感に打ちひしがれたことがあった。

父親の競技復帰。それに伴う引っ越し。
ただそれだけのことが、幼い瑠々音にはどうしようもなく抗い難かった。
あのとき、どうにかしてあの町に残ることができたなら。
変に気取ったことを言わずに、ちゃんと素直に気持ちを伝えていたならば。

この一週間、何度も思ってしまう。

彼の隣にいるのは自分だったのだろうか、と。


こんな幼い初恋を引きずっているなど、笑われてしまうだろうか。


でも、守りたいと思ってしまったのだ。

聖剣が宿らなくとも、ただ真面目に愚直に、ずっと竹刀を振り続ける健気な背中だった。

世界最強の剣星と闘うなどという夢物語を、本気で語る瞳が眩しかった。


本当は、知っていたのだ。

自分が守らなくとも、1人で立っていける子なのだと。

聖剣に恵まれた自分と、聖剣が宿らなかった識という少年。

自分が守らなくてはいけない存在なのだと、そういう運命なのだと思いたかったのだ。

世界最強の剣星を倒せば、同じように憧れてくれるのだろうか。

その輝かんばかりの瞳を、自分に向けてくれるのだろうか。

でもそれは、きっと違うのだということも知っていた。

他にどうすることも、できなかったのだ。

この気持ちの正しい終わらせ方を、天才たる自分には誰も教えてくれなかった。

識の襟元を摑んだ瞬間――何かの拍子に感情が溢れた。

「どうして、わたしじゃないの!?」

あまりに強固な摑み。

それを識は躊躇なく、渾身の回転で引き千切った。

「瑠々姉の気持ちは嬉しいよ。でも――」

刀を構えると、その感情すら斬り裂くように振り下ろした。

瑠々音の結晶が砕け、競技終了のブザーが鳴る。

「俺は、ラディアータを愛してる」

大きな歓声が包んだ。
大型モニターに表示されたスコアは、誰もが予想しないものであった。

三校交流会・決戦セレモニー
別府校　ＶＳ　北海道校

最終戦
試合時間：25分37秒

阿頼耶　識：20
春風瑠々音：18

かの世界最強の剣星、ラディアータの愛弟子。
阿頼耶識の勝利で幕を下ろした。

エピローグ　愛を捧ぐ

Hey boy, will you be my apprentice?

聖剣学園三校交流会から、一週間が経っていた。
とある休日の昼下がり。
男子寮。阿頼耶識の部屋である。

識は顔を真っ赤にして、ベッドの上でシーツにくるまっていた。

病気とかではない。
先ほどから闖入者のおかげで、こうして羞恥に晒されているのだ。
『俺は、ラディアータを愛してる』
録音された自分の声が、悪戯に再生される。
『俺は、ラディアータを愛してる』
連続再生される自分の声に、ついに吠えた。

「いい加減、やめてください！」

「アッハッハ。きみ、相変わらず擦れないね。いいリアクションだ」

ラディアータである。

識の勉強机に腰かけて、楽しそうにスマホをくるくる回していた。

それにはとある配信サイトの映像が、ループで再生されている。

『俺は、ラディアータを愛してる』

先日の決戦セレモニーの様子である。

不敗神話・ラディアータの敗北とセットで、識があの春風瑠々音に勝利したのはセンセーショナルな出来事として報じられた。

テレビでも全国中継された。

先日なんか、朝のニュース番組でこのシーンだけが切り取られ、コメンテーターが微笑ましそうに「いやあ、若いっていいですねえ」なんて言っていた。もはや公開処刑である。

識は試合中の自分のテンションを恨み、大きなため息をついた。

「まさか、こんな声まで拾ってるなんて……」

「前に言ったろ？　聖剣演武は、いかに観客をヒロイックな気分で盛り上げられるかも重視される。強い聖剣士ほど、その一言一句が注目されるのさ」

それにしても、これはどうなのだ。

学園を歩いていると、上級生から「あ、俺はラディアータを愛してる君！」と呼び止められる始末である。

識はベッドの上で体育座りしながら、どんよりとため息をついた。

「学園、やめようかな……」

「こういうとき、日本では何て言うんだっけ？　ホンマテントウムシ？」

「本末転倒です……」

新種の虫を作っているラディアータに静かにツッコむが、識の気は晴れない。

「もう外を歩けません……」

「世界最強の剣星を目指そうって子が、このくらいでビビってどうするの？　悪名じゃないだけマシだと思わないと」

聖剣演武の人気を鑑みれば、それもうなずける。

これから芸能界に入りましょうと言ってる人が、ＳＮＳの顔出しにビビっているようなものであった。

しかし共に羞恥の渦中にあるはずのラディアータは、むしろ楽しんでいる様子であった。

さすが世界最強の剣星は、こういうのも慣れっこなのだろう。

「いいんじゃないかな、私に愛を捧ぐ忠誠の騎士。きみ、聖剣士としてはキャラが地味だったからね。これからは決め台詞としてガンガン使っていこう」

「もはや狂気の沙汰ですよ。誰がそんな聖剣士を求めるんですか」

「実際、ＣＭのオファーきてるけど」

「え……」

　とんでもない情報に、識は唖然とした。

「さすが企業スポンサーは行動が早いね。今は繊細な時期だからってやんわりお断りしてるけど、もし興味があるなら……」

「やりません」

「でも、いい機会だよ。この前の一件で、きみも人並みに緊張することがわかったんだし、度胸をつける訓練と思って……」

「やりません！」

　識は想像した。

　もしオーケーなんて出してしまったら、清涼飲料水を飲みながら「俺は、ラディアータを愛してる（歯がキラーンッ）」なんて黒歴史がお茶の間に流れるかもしれない。絶対に阻止であった。

　ひとしきり識で遊ぶと、ラディアータは立ち上がった。

　ベッドに腰掛けて、両腕で識の肩を抱きしめる。

「フフッ。少年、なんだかご機嫌ナナメだね？」

「そんなことないです」

「瑠々音さんに勝ったこと、後悔してる？」

「それは絶対にないです！」

慌てて識は否定した……が、やはりその顔色は優れない。

上を目指すという意味を、ようやく実感としてわかってきたのだ。

みんな目指すところは同じ。

どんな道を辿るか、どんな理由があるのか。

それらが違うだけで、その気持ちに嘘はない。


しかし頂きという椅子は、一つしか存在しない。


どんなに清らかな気持ちもねじ伏せて、勝った者はさらに上を目指して歩んでいく。

そういう世界だということを、ようやく理解した。

その覚悟を持つことが、世界で戦う資格だと知ったのだ。

ラディアータは優しげに言った。

「この一件では、きみにも辛い思いをさせてしまったね。私が不甲斐ないばかりに……」

「いいえ」

識は、はっきり首を振った。

「ラディアータは、そのままでいてください。俺に気を遣うなんて、俺が憧れたラディアータじゃないです」

「でも、また迷惑をかけてしまうかも……」

「かけてください。もしラディアータが、俺から離れるようなことになったら……」

識はその手をぎゅっと握った。

「今回のように、俺がラディアータを守ります」

「…………」

ラディアータは、ぽかんと呆けた表情になる。

それから少し視線を逸らして、珍しく恥ずかしそうに苦笑した。

「参ったね。可愛い忠誠の騎士に、つい私のすべてを捧げてしまいそうだ」

「……そういうこと言うから、唯我たちに変な誤解をさせてしまうんですよ」

「へえ？　私は誤解でなくしてしまってもいいけど？」

「指で顎を撫でながら言うのはやめてください……」

そのとき、識のスマホが鳴った。

ラディアータが時間を見て、ああと頷く。

「そろそろピノさんたちと約束の時間だろ？　行っておいで」

「あ、はい。戸締り、よろしくお願いします」

識は軽く支度を済ませると、先に部屋を出ていった。

ちょうど比隣と出くわしたようで、廊下から「バカヤシキ！　テレビに出て調子に乗ってんじゃねえぞ！」という怒鳴り声が聞こえる。

やがて静かな午後が戻ってきた。

残されたラディアータがベッドの上でぼんやりしながら「……えっちな本ないかな？」と捜索を開始しようとしたとき——ふとスマホが鳴る。

相手は王道楽土だった。

ラディアータはため息をつくと、スマホを耳に当てる。

「やあ、王道。今いいところだから、また後で……え？」

電話の向こうから、何やら慌てた声がする。

その内容を聞き、ラディアータは眉根を寄せた。

「〝オリヴィア〟が日本リーグに移籍して、来年の日本トーナメントに出場する？」

普段、動揺することが少ないラディアータ。

その彼女が額に手を当て、「あちゃあ」という様子で天を仰いだ。

「……それは、ものすごくマズいね」

✕✕✕

——数日前。


英国。正式にはグレートブリテンおよび北アイルランド連合王国。

紳士・淑女の国として、文化的にも豊かな国風である。

聖剣演武に関しても非常に活発で、現在は2名の『剣星二十一輝』を擁していた。

その英国リーグの総本山——英国君主の戴冠式が執り行われるウェストミンスター寺院を望む巨大な建物。

そこは、てんやわんやの大騒ぎであった。

かのラディアータに次ぐ最年少記録を持つ『剣星二十一輝』が、英国リーグを脱退し、こともあろうに出奔を企てたのだ。

ギリギリどうにか取り押さえ、こうして一室に拘束して事情聴取を行っている。


それは美しい金髪を二つ結びにした、可憐な少女だった。

聖剣によって生成された重厚な鉄鎖により、全身をきつく縛られている。本来、重大な聖剣犯罪が認められた者を拘束する処置であった。

その眼前に立つ、スーツ姿の妙齢の女性——英国リーグの理事会代表が、ため息をつきながら額に手を当てる。

「馬鹿なことをしたわね。あなた、自分の立場を理解しているの？」

「…………」

返事は行動で示された。

——彼女の身体を縛る鉄鎖が、凄まじい衝撃と共に砕け散ったのだ。

理事会代表の女性が、口元を引きつらせていた。

金髪の少女は涼しい顔で立ち上がると、独り言のように呟く。

「……ラディ姉様は、弱くなってしまわれました。あの少年と出会ってしまったせいです」

彼女が腕を振った。

同時に、建物の分厚いコンクリートの壁が吹き飛んだ。

まるで鋭利な刃物で斬り裂かれたような切断面。

外から眩い光が差し込み、美しい金色の髪が煌めいている。

「私があの〝無能〟を殺して、かつての強いラディ姉様を取り戻して差し上げます」

あとがき

綺麗なお姉さんは、好きですか？

七菜は……大好きです。

今巻もありがとうございました。

聖剣スポ魂ファンタジー『わたでし』も、皆様のおかげをもちまして2巻めを出して頂きました。次は3巻の壁を突破できるように頑張ります。よろしくお願いいたします。

あるいは『だんじょる？』のほうの七菜を知っている読者はご存じかもしれませんが、七菜は卑しい印税の下僕です。印税様の庇護において物語を書くことを許され、皆様に楽しんで頂くことができるのです。印税様のご機嫌を取るために、もっと『わたでし』を盛り上げなくてはなりません。

となればぜひとも、コミカライズ、アニメ化も渇望しているわけですが、それより前に『わたでし』を盛り上げるために必要なものは何だろうか？

おわかりですね？

それはゲーム化です。

しかも本格推理サスペンスです。

起こってしまった事件、隠蔽された証拠、そして渦巻く愛憎。そんなゲームの原作としてふさわしい作品にするべく、この2巻で超えなければならない課題がありました。


そう、幼馴染の乙女の存在です。


推理サスペンスの助手役として、これ以上にうってつけの配役はありません。

ならば乙女をヒロインに昇格させるため、何が必要だろうか？

間違いなく『外見』ですね。

2巻では挿絵くらいは登場させてあげたい。おそらく読者の皆様にとって、彼女の存在はラディアータ以上に愛すべきものになっているはず。


……しかし、彼女は『年下ヒロイン』だったのです。

なんという神の悪戯か。

主人公である阿頼耶識が高校1年生である以上……そして これが学園ものである以上、年下ヒロインの挟まる余地はありませんでした。

七菜にとっても、これは苦渋の決断でした。

本当なら、飛び級でも何でもさせて温かい輪に入れてあげたい。しかし許されない。なぜならこれは『お姉さんヒロイン』とイチャイチャしながら頂点を目指す物語だから。

ごめん、本当にごめん。七菜のことを恨むのなら、いくらでも恨んでほしい。でもこれだけは覆せない。だって乙女は年下なのです。物語には必ず顔を出すくせに挿絵には一切出てこないとか「それはそれでおいしいよね」とか思ってないよ本当だよ。

もう1人の幼馴染、春風瑠々音がその意志を継いでくれることを願って――。


これからも『わたでし』は、年上ヒロインの拡大に注力いたします。

★☆　スペシャルサンクス　★☆
イラスト担当のさいね先生、担当編集K様・M様、制作関係者の皆様、販売に携わってくださいました皆様、今巻も大変お世話になりました。次巻も何卒よろしくお願いいたします。

読者の皆様も、またお目にかかれる日を祈っております。

２０２３年　６月　七菜なな

少年、私の弟子になってよ。
3
~最弱無能な俺、聖剣学園で最強を目指す~
Hey boy, will you be my apprentice?
著 七菜なな
イラスト さいね
ント開幕!!!!!
タの妹弟子!?

次巻予告

ラディアータとの約束を
果たすため、頂へ駆け上がる識。
ついに日本トーナメントへの
出場権を獲得！

しかし、
聖剣〝無明〟の真実が
白日の下に晒されてしまい——!?

識が聖剣士として
積み上げてきたものが
試される、白熱の第三巻。

近日発売予定

日本トーナメ

立ち
はだかるは
ラディアー

◉七菜なな著作リスト

「男女の友情は成立する？（いや、しないっ!!）
Flag 1. じゃあ、30になっても独身だったらアタシにしときなよ？」（電撃文庫）

「男女の友情は成立する？（いや、しないっ!!）Flag 2. じゃあ、ほんとにアタシと付き合っちゃう？」（同）
「男女の友情は成立する？（いや、しないっ!!）Flag 3. じゃあ、ずっとアタシだけ見てくれる？」（同）
「男女の友情は成立する？（いや、しないっ!!）Flag 4. でも、わたしたち親友だよね？〈上〉」（同）
「男女の友情は成立する？（いや、しないっ!!）Flag 4. でも、わたしたち親友だよね？〈下〉」（同）
「男女の友情は成立する？（いや、しないっ!!）Flag 5. じゃあ、まだ30になってないけどアタシにしとこ？」（同）
「男女の友情は成立する？（いや、しないっ!!）Flag 6. じゃあ、今のままのアタシじゃダメなの？」（同）
「少年、私の弟子になってよ。～最弱無能な俺、聖剣学園で最強を目指す～」（同）
「少年、私の弟子になってよ。2 ～最弱無能な俺、聖剣学園で最強を目指す～」（同）
「四畳半開拓日記01～04」（単行本　電撃の新文芸）

本書に対するご意見、ご感想をお寄せください。

ファンレターあて先
〒102-8177　東京都千代田区富士見2-13-3
電撃文庫編集部
「七菜なな先生」係
「さいね先生」係

本書は書き下ろしです。